日本文学史

韦渊◎编著

中国纺织出版社有限公司

图书在版编目(CIP)数据

日本文学史 / 韦渊编著. -- 北京 : 中国纺织出版社有限公司, 2020.9

ISBN 978-7-5180-7014-5

Ⅰ. ①日… Ⅱ. ①韦… Ⅲ. ①日本文学-文学史 Ⅳ. ①I313.09

中国版本图书馆 CIP 数据核字(2019)第 269131 号

责任编辑:姚　君　　　　责任校对:寇晨晨

责任设计:東方朝阳　　　　责任印制:储志伟

中国纺织出版社有限公司出版发行

地址:北京市朝阳区百子湾东里 A407 号楼　邮政编码:100124

销售电话:010—67004422　传真:010—87155801

http://www.c-textilep.com

中国纺织出版社天猫旗舰店

官方微博 http://weibo.com/2119887771

潍坊新天地印务有限公司印刷　各地新华书店经销

2020 年 9 月第 1 版第 1 次印刷

开本:880×1230　1/32　印张:7.25

字数:199 千字　定价:60.00 元

序　言

一国の文学を紹介するには大方二つの方法がある。ひとつは縦方向の文学歴史の紹介で、もうひとつは横方向の文学ジャンルの整理である。実は、文学歴史の発展に文学ジャンルの発生、変更と消失があり、一方、文学ジャンルイの発生、変更と消失は文学の歴史を語り、両者は切っても切られない関わりがある。本書は縦方向を主に、横方向を補に日本の文学歴史と文学ジャンルをまとめたものである。

日本の文学をジャンルごとに分ければ、韻文文学、散文文学と劇文学の三つに分けられる。前二者は言語文字の形式で記載され、読書を通してその内容や美質を理解することができるが、後者は舞台芸術で言語文字のほかにも多くの工夫があるので、劇場で自分の目で見、自分の耳で聞く他は体験する方法がないのである。それがゆえに、本書は劇文学より、散文文学と韻文文学に重点をあてて紹介することにしている。

本書の特色は、文学作品を紹介すると同時に、原文とその訳文も提供していることである。本書を通して、読者がより一層日本文学の内容やその美的特質を理解でき、また日本語の勉強にもなることができれば幸いである。

目　次

第一章　上代における文学

1　社会と文化

太古から平安京❶遷都（794 年）の前年までを上代という。6 世紀初めの大和朝廷の成立、7 世紀の中央集権化や律令制の導入を経て、天皇を中心とする国家体制が整備された時代である。この時代は、縄文晩期以降に渡来した人々によって、稲作や金属器、あるいは文字や仏教・道教・儒教などの諸文化が伝えられたり、また日本からも仏教文化や政治思想、法律・制度を学ぶために遣隋使・遣唐使が派遣されるなど、古代東アジアの文化を摂取し、政治的文化的に国家の形が整えられていった時期である。

上代は、血縁や地縁による共同体社会から大和朝廷による中央集権国家へと移向していく時代である。この間、血縁や地縁で結ばれた共同体は解体し、人々の連帯感を強めるなどの役割をもっていた言語文化（呪詞・神話・伝説・歌謡）もだんだんその意義を失った。そして国家の神話や儀礼に新たに組み込まれたり、昔話、宮廷遊宴の芸能、個人の叙情表現としての和歌❷に姿を変えていった。

4、5 世紀以降の漢字移入は、日本を無文字社会から文字社会へと変えた。漢字の移入とともに、儒教や仏教といった大陸の思

---

❶　今の京都を中心とするところである。

❷　日本古来の五音と七音をもとにした歌（定型詩）の総称で長歌・短歌・旋頭歌など形式があるが、正岡子規の和歌改革以後は主に短歌を指す。

想や文化も流入し、それらは朝廷とその周辺を中心に次第に浸透して国家意識を育てる一方、7 世紀初の飛鳥文化、同世紀末の白鳳文化、8 世紀の天平文化などの仏教文化を開花させた。

2　文学概観

上代は無文字社会から文字社会へと移行した時代である。

無文字時代、人々は、祭祀や儀礼などの場で、自然の運行への神の助力を願って呪詞を唱え、世界の始まりを神話として語り、祖先の英雄たちの伝説を情感をこめて誉めたたえ、また歌謡に現実の生の哀歓を重ねて歌い上げた。そして語り部が代代にこれらを伝えたが、部族間の抗争のたびごとに、勝者の歴史叙述の文脈に組み込まれていった。『古事記』『日本書紀』❶ には上代の歌謡（記紀歌謡）約 190 首が意味と詞章に変形を受けながらも伝えられている。

漢字が伝来するとやがて伝承は文字化され、口誦の文化は次第に衰えていった。文字を専有した朝廷は、氏族社会や地方社会で語られていたさまざまな伝承を統合して史書・地誌を編纂し、国内外に国家の威信を示そうとした。さまざまな伝承も国家史を語る新たな神話に組み込まれて姿を変えた。

また漢字とともに伝来した大陸の思想や文学は、日本漢文や仏教文学を生み、和歌の叙情や表現意識を育て、口誦に変わる記載文学の世界を誕生させた。漢文学には『懐風藻』、和歌には『万葉集』、歌学書には『歌経標識』、仏教文学には『日本霊異記』などがある。

---

❶ 720 年舎人親王などが編集した『日本書紀』は、漢文体で歴史を述作した日本最初の正史で、『古事記』と総称して記紀文学である。天皇の君主としての地位を正当化する目的で、全体の構想が創作されている。

3 『古事記』

太安万侶撰。和銅5年（712年）成立。序文には、天武天皇が帝紀・旧辞を定めるために編纂をはじめ、稗田阿礼に暗唱させたが、天皇の死によって中断し、その後、元明天皇が事業を引き続き、太安万侶に撰録を命じた、とある。

3.1　内容

『古事記』は神々の誕生から推古天皇に至る皇室の系譜を、神話・伝説・説話・歌謡などの口頭伝承を利用して語った歴史書である。天皇家と朝廷を、物語をとおして正当化し、神話化する意図を持つ。

上巻は神々の誕生から神武天皇の出生までの、神々の物語。皇室の由来を神話で説明する。いざなきのみこ（伊邪那岐命）とイザナミノミコト（伊邪那美命）の国生み、天照大神（あまてらすおおみかみ）の天石屋戸（あめのいわやど）隠れ、須佐之男命（すさのおのみこと）の八岐大蛇（やまたのおろち）退治、天孫の地上への降臨など。

中巻は神武天皇から応神天皇までの、神のごとき人の物語。勢力拡張、国家建設の過程を、英雄伝説によって語る。倭建命の熊曾征伐、神武天皇の東征など。

下巻は仁徳天皇から推古天皇までの、人の世の物語。各天皇の時代の恋愛や反逆事件を語りつつ、国家の歴史を説明する。仁徳天皇の愛を拒んだ女鳥王、父を殺し母を奪った天皇を討つ目弱王、天皇を信じて80年待った引田部赤猪子など。

『古事記』の神話・説話の中には歌謡が110余首含まれ、上代歌謡の姿を伝えている。文体は、序は漢文体、本文は和化漢文体、歌謡は和文体に書き分けられている。

3.2　作品選読

3.2.1　序

臣安萬侶言。夫、混元既凝、氣象未效、無名無爲、誰知其形。然、乾坤初分、參神作造化之首、陰陽斯開、二靈爲群品之祖。所以、出入幽顯、日月彰於洗目、浮沈海水、神祇呈於滌身。故、太素杳冥、因本教而識孕土產嶋之時、元始綿邈、頼先聖而察生神立人之世。寔知、懸鏡吐珠而百王相續、喫劍切蛇、以萬神蕃息與。議安河而平天下、論小濱而清國土。

3.2.2　歌謡

夜久毛多都　伊豆毛夜幣賀岐　都麻碁微爾　夜幣賀岐都久流曾能夜幣賀岐袁（万葉仮名）

八雲立つ　出雲八重垣　妻込みに　八重垣つくるその八重垣を（和漢混交文）

現代語訳： 八色の美しい雲が立ち上り、垣根のようにめぐる出雲、愛しい妻を大切に守るために、垣を幾重にも廻らせよう、その八色の雲のような美しい垣を

中国語訳：出云八重垣，八色彩云绕重垣，守护我爱妻

4 『万葉集』

題意は 「万代の歌を集めた書」「多くの歌を集めた書」 などの説がある。20 巻。編者・成立ともに未詳。前代までの何回かの編纂事業をうけて成立。各段階に編纂者が想定されているが、現在の形は8 世紀後半に大伴家持が整えたとする説が有力である。

作品全体に覆う組織性はないが、内容や詠み方、また詠まれた時代や国、季節、人物などの多様な分類基準を立てて（部立）、歌

を収めている。特徴的な部立てに、宮廷の儀式などで歌われた雑歌、恋愛贈答歌である相聞、死者の棺を挽く時、死を悼んで歌う挽歌のほか、恋愛の心情をものに託して歌った比喩歌がある。

上代の初め、歌は集団的な叙情の表現としてあった。やがて大和朝廷の中央集権化が進み社会体制が変化すると、歌の場は宮廷世界へと移っていく。そこでは、柿本人麻呂などの専門歌人が、宮廷生活のさまざまな場で歌謡の表現を踏まえた長歌や短歌を作った。一方、大伴旅人や山上憶良などの官吏として漢字文化に親しんだ文人は、漢詩文を通して個人的心情の詩的表現を学び、それを和歌に試みた。さらに家集や私選集も編まれるようになった。

『万葉集』は、これら上代の歌の歴史の集大成として成立した。そしてその結果、歌謡から大和朝廷の宮廷歌、大和・奈良時代の貴族の個人叙情歌、また東歌、防人の歌にも及ぶ、さまざまな時代と階層の叙情を今に伝える、古代詩華集となったのである。

ただし、このような膨大な編纂物の背景には国家的な事業力があったとみられ、それは作品にも影を落としている。たとえば、冒頭歌と末尾歌は、それぞれ国見の儀礼歌、国家繁栄を願う予祝歌で、君臣唱和の形をとっており、儒教的な国家秩序を示す表現となっているのである。

近世の国学家の賀茂真淵が、『万葉集』、特に柿本人麻呂の歌を和歌の規範として求め、そこに現れる崇高さにつらなる厳粛さ、飾りのなさ、自然性がある、真情を率直に表現する男性的な歌風を「ますらおぶり」と名付ける。

4.1　额田王

『日本書紀』には「額田姫王（ぬかたのひめみこ）」とある。『万葉集』に長歌三首、短歌九首の計十二首を残す。

①熟田津に船乗りせむと月待てば潮もかなひぬ今は漕ぎ出な

現代語訳： 熟田津で船に乗ろうと月の出を待っていますと、月が出たばかりでなく、潮も満ちてきて、船出に具合がよくなりました。さあ、今こそ漕ぎ出しましょう。

中国語訳：月出熟田津，正是战船出发时，海水亦满潮。

②茜さす紫野行き標野行き野守は見ずや君が袖振る

現代語訳： 茜色を帯びる紫草が生い茂る（天智天皇の御料地である）野を行き， 貴方は袖を振る、野守りが見とがめはしないでしょうか。

中国語訳：茜色紫草田，你挥袖走过，不怕守卫正护看？

4.2 柿本人麻呂

柿本人麻呂（かきのもとひとまろ）は、山部赤人とともに歌聖と呼ばれる。

あしびきの　山鳥の尾の　しだり尾の　ながながし夜を　ひとりかも寝む

現代語訳： 山鳥の長く垂れ下がっている尾のように長い長い夜を愛するひとと離ればなれになって、ひとり寂しく寝るのだろうなあ。

中国語訳：山鸟尾巴长，今夜独眠更漫长，寂寞何以堪？

4.3 山部赤人

山部赤人（やまべのあかひと）は、生没年未詳。7~8 世紀頃の奈良時代初期の宮廷歌人で、紀貫之は 『古今集』 の序で赤人を柿本人麻呂と並ぶ 「歌聖」 として讃えています。

①田子の浦ゆ打ち出いでて見れば真白にぞ富士の高嶺に雪は降りける

現代語訳： 田子の浦を通って、視界の開けた場所に出ると、真っ白に、富士の高嶺に雪が降り積もっていた。

中国語訳：船出田子浦，豁然望见富士山，岭上雪皑皑。

②春の野にすみれ摘みにと来し我ぞ野をなつかしみ一夜寝に

つける

現代語訳： 春の野に菫を摘みにやって来た私は、その野に心引かれ、離れがたくて、とうとう一夜を過ごしてしまったよ。

中国語訳：采堇来春野，爱此山野春色美，一夜难别离。

③あしひきの山桜花日並べてかく咲きたらばいと恋ひめやも

現代語訳： 山桜が何日も続けてこのように咲くのであったら、これほどひどく恋しがったりするだろうか。

中国語訳：山樱花开若长久，何须如此心恋花？

④高座の三笠の山に鳴く鳥のやめば継がるる恋もするかも

現代語訳： 三笠山に鳴く鳥が鳴きやんだかと思うとまた鳴き出すように、私も終わりにしたかとと思うとすぐまた燃え上がる恋をしていることだ。

中国語訳：高高三笠山，此起彼伏鸟鸣声，不止如恋心。

⑤恋しけば形見にせむと我が宿に植えた藤波今咲きにけり

現代語訳： 恋しい時には、あの人を思い出すよすがにしようと、我が家の庭に植えた藤——その花が今咲いたことだ

中国語訳：庭中藤花开，想起心上人，当年种花也为她。

4.4　山上憶良

山上憶良（やまのうえのおくら）、生卒年未詳

銀も金も玉も何せむにまされる宝子にしかめやも

現代語訳： 銀も金も宝石も何にせよ、それらより勝っている子どもに宝として及ぶだろうか。いや及ぶまい

中国語訳：金子银子和玉石，不及儿珍贵

4.5　大伴旅人

大伴旅人（おおとものたびと）は、奈良時代初期の貴族、歌人である。

①我妹子が植ゑし梅の木見るごとに心咽せつつ涙し流る

現代語訳： あなたが植えた梅の木が、こんなにも育っていま

す。それを見ると、私はあなたを思い出さずにはいられない、そしてあなたを思い出すたびに、心がむせて涙が流れるのです。

中国語訳：此梅乃是伊人种，每见起情思，心塞泪不止。

4.6 大伴家持

大伴家持（おおとものやかもち）は、大伴旅人の子であり、『万葉集』の編纂に関わる歌人として取り上げられることが多い

①うらうらに照れる春日にひばり上がり心悲しもひとりし思へば

現代語訳：のどかに照る春の日差しの中を、ひばりが飛んでいく。そのさえずりを耳にしながら一人物思いにふけっていると、なんとなく物悲しくなっていくものよ。

中国語訳：云雀忽飞起，春日煦煦暖阳中，莫名感物哀。

②春の園紅にほふ桃の花下照る道に出で立つ乙女

現代語訳：春の庭で　桃の花が真赤に美しく色づいている。その紅が映えた道にたたずむ少女よ。

中国語訳：春日庭院里，桃花红艳正灼灼，蹊下少女立。

4.7 阿倍仲麻呂

阿倍仲麻呂（あべのなかまろ）は、19歳の頃、遣唐使として中国の唐へ渡った留学生の一人。時の玄宗皇帝に気に入られ、中国名「朝衡」として50年以上仕えた。一度帰国を許されたが、途中で船が難破して引き返し、結局帰れぬまま唐の地で没す。盛唐の大詩人である李白や王維とも親交があった。

天の原ふりさけみれば春日なる三笠の山に出でし月かも

現代語訳：大空をはるかに仰ぎみれば、月が出ている。春日の三笠山から昇るのを眺めた月と、同じ月なのだなあ。

中国語訳：举头望天空，遥想春日三笠山，月儿应已出。

5 「まこと」

日本史上初の和歌集である『万葉集』は、古代日本人の質素、真摯かつ情熱的な心を抒情的に表している。『万葉集』の専門家である荷田春満は、長年の地道な研究を通して、この質素、真摯かつ情熱的な心を「まこと」という概念でまとめた。それ以降、「まこと」は日本文学の基本理念として定まった。

『万葉集』の成立時代である奈良時代は、天皇制の律令国家の栄えた時代でもある。「あをによし奈良の都は咲く花のにほふがごとく今さかりなり」の歌の言う通り、天皇によって治められた日本も国の「さかり」である。不整備なところはまだまだ多くあるが、学ぶ心と国づくりの意欲は旺盛だから、日本社会は活気にあふれている。

初期万葉の傑作である「熟田津に船乗りせむと月待てば潮もかなひぬ今は漕ぎ出でな」（額田王）からは逞しくて燃えている闘志が伝わってくる；「春過ぎて夏来るらし白布の衣乾したり天の香具山」は持統天皇の作品で、国家建設に成功した時のプライドと颯爽感を朗らかに表している。これらはみな雄大な姿、勇ましい心を抒情的に歌う「まこと」の歌である。

一方、「銀も金も玉も何せむにまされる宝子にしかめやも」（山上憶良）や「後れ居て恋ひつつあらずは追ひ及かむ道の隈廻に標結へ我が背」（但馬皇女）などのような哀れな親心を歌う歌、恋人を懐かしむ歌も多くある。家族や恋人を大切にするという気持ちを直接に、憚らずに表している。「熟田津」「春過ぎて」と違って、哀れで繊細的な歌ではあるが、「まこと」を重んじる抒情風格は同じである。

但馬皇女は天武天皇の娘で高市皇子と結婚した身の上で、腹違いの兄弟である穂積皇子と不倫の恋を犯した。「秋の田の穂向きの寄れる片寄りに君に寄りなな言痛くありとも」、

「降る雪はあはにな降りそ吉隠の猪養の岡の寒からまくに」などもこの恋人同士の恋歌である。そこから抑えても抑えられない恋しい気持ちが伝わってくる。不倫の恋を大胆に、抒情的に歌うこの恋歌からも見えるように、日本文学には、「発乎情、止乎礼」を主張する儒家道徳と大きくずれる人情の「まこと」を重んじる一面がある。

第二章　中古における文学

1　社会と文化

平安京遷都（794 年）から鎌倉幕府成立（1192 年）までの平安時代約 400 年間は、日本文学史の時代区分で中古と呼ばれる。古代以後中世以前、藤原氏を中心とする貴族たちが政治・文化をになった時代で、いわゆる王朝の文化が開花した時代である。

この時代は日本の風土に根ざした文化が見直され、いわゆる国風文化が育ち成熟し浸透して、日本人の美意識や価値観が培われていった時期である。その展開はほぼ「唐風尊重時代」と「唐風から国風への転換」という二つの時期に分けて整理できる。

唐風尊重時代：9 世紀末以前、遷都の後、国家の再整備に努めた朝廷が、唐の政治・文化に習う姿勢を一層強めた時期である。特に9 世紀前半、嵯峨天皇の時代には、唐風尊重の形式的な宮廷儀礼が整えられ、勅撰漢詩文集が編集されるなど、唐風文化一色となり、日本固有の和歌などは、私的なやり取りに限られていった。この時期を国風暗黒時代とも呼ぶ。

唐風から国風への転換：9 世紀末~10 世紀後半（村上天皇代）。荘園などの私的な土地所有が藤原氏を中心に増加し、国家による土地所有制度が崩れていった時期である。この期の、正史・格式の編纂の停止、遣唐使の廃止、『古今和歌集』勅撰は、唐風から国風への転換を示すでき事である。

1.1　平安京

貴族は平安京の四条以北を中心に広大な邸宅を作って住んだ。遷都後の百年ほどは唐風の生活様式が続いたが、寛平 6 年（894 年）の遣唐使廃止の後、日本風土に根ざしたものへと変化した。各種の年中行事や儀式、詩歌管弦、饗応の酒宴などが生活の中心を占め、消費的生活が繰り広げられた。

1.2　和歌

国風文化への見直しが進むにつれて和歌への関心が高まり、10 世紀に入ると初の勅撰和歌集 『古今和歌集』 が編まれた。またこのころから宮廷でも歌会や歌合せが、詩会や詩合と同じく天皇の主催で開かれるようになった。勅撰和歌集の編集や宮廷での歌合せの開催は、和歌に漢詩文と並ぶ文学的地位が与えられたことを意味する。こうして王朝貴族の教養のひとつとなった和歌は、次第に人々の季節観や美意識の基準、恋愛や悲しみを表現する際の規範ともなっていった。つまり王朝貴族の表情は和歌によって作っていったのである。

1.3　政争と嘆き

藤原氏は、遷都の後さまざまな政変を通じて旧勢力を退け、9 世紀中ごろの藤原良房以降、次第に摂関政治体制を確立し、独占的な権勢を築いていった。

藤原氏の権力の独占は、一方で、奈良朝以来の旧氏族・皇族とその家族、また儒教や法律・制度についての学問を修めて律令国家の再建を夢見た文人貴族たちに、嘆きや失望をもたらした。

1.4　王朝の恋

男たちの嘆きは社会的な不遇をもととするが、女たちは恋の不安に「憂き世」を思い知った。

平安時代の婚姻形態は、いわゆる婿取り婚である。男性が女性のもとへ通っいくもので、妻問い婚ともいわれる。手紙のやりとりのあと、男性は女性のもとに密に通い、正式に結婚することになると三日続けて女性の家を訪れ、新枕、三日夜の餅、所表し（披露宴）の儀式が行われた。

物語はこの正式な結婚に至るまでの恋のかけひき、また正式な結婚が許されない二人の出会いと苦悩と別れを描き、女は「待つ夕暮れ」と「別れの朝」の切なさを、男は愛の誓いと女への恨みを歌に詠んだ。

1.5　説話

人生の嘆きや恋の切なさはもちろん庶民の心にもあった。それらは多く説話集にとどめられているが、説話はそのような心の表情のほかにも、彼らの日々の暮らしの表情や町のざわめきを生き生きと伝えている。

1.6　「武者の世」のはじまり

11 世紀にはいり、荘園制の定着をへて在地領主による土地・人民の実質的支配が進み、地方にも富と力が蓄えられるようになると、在地領主は富を守るために武装して「兵」化した。一方、国家の守備、貴族の「侍」として仕えていた武士は、内乱制圧のために出かけた地方でその地の「兵」と結ばれ、また内乱鎮圧の実績をもとに政治的発言力を強めていった。時代は「武者の世」に急速に傾き、都に対抗するまでに成長した地方にも豊かな文化が育っていった。そして文学は、武者の表情を描き始めた。

1.7　王朝の仏教

「憂き世」を嘆き、1052 年の末法到来におののく貴族は、死後の極楽往生を求めて浄土教を信仰し、仏像を造り寺院を建てた。このほか、現実生活に幸いを与えるとされた観音菩薩、死後の世界で人々をすくうとされた地蔵菩薩への信仰も高まり、往生者の記録や種々の仏教説話がかたられ、往生伝や説話集が次々と編まれていった。

2 文学概観

唐風文化のもとに漢文学が尊重された9 世紀を過ぎると、国風文化が見直され、文学においても和歌が興隆期をむかえた。また、かな文字が普及した11 世紀前後には、後宮や摂関家の女房たちの手で日記・随筆や物語などの仮名文学が創作された。摂関体制に影が見え始めた後期になると、王朝を回顧する歴史物語が誕生したほか、民間歌謡の今様や社会各層の人々の姿を語る説話が取りあげられた。

2.1 漢詩文から和歌へ

9 世紀前半、中国文化の摂取が盛んになると、漢文学が正統文学としての位置を占め、勅撰漢詩文集が編まれた。しかし9 世紀末、国風文化尊重の気運が生じると、和歌が日本の詩としてみなおされるようになった。そして宮中で歌合せが開催され、10 世紀初めに最初の勅撰和歌集 『古今和歌集』 が成立すると、和歌は漢文と同等の扱いを受けるようになり、王朝人の教養のひとつとなっていった。

2.2 初期物語の成立

一方、かな文字の普及によって日本語の自由な表記法が確立すると、かなによる散文文学が発達した。10 世紀中後半に成立した初期の仮名作品は、多く男性文人貴族の手になるものである。彼らは漢詩文の教養を基礎に、不思議な出来事を興味の中心にした伝奇物語や和歌の情趣を中核においた歌物語を創作した。また紀貫之は任地で亡くした愛児への思いを『土佐日記』につづり、仮名で個人の内面を回想的に描く日記の形式を生みだした。

2.3　女流仮名文学

和歌への関心が高まり、初期の仮名作品が生み出された10世紀後半、女性たちは和歌を詠んだり、物語読者になるなど文学体験を重ねていった。そして物語とは異なる現実をもみつめ、「そらごと」ではない自らの体験を仮名で日記に記し始めた。女流日記文学の誕生である。一方、摂関体制のなかで姫君の養育係、後妃の世話係としての女房制度が定着すると、女房達は、朝廷や摂関家の華やかな生活、人々の姿を仮名で写し取り、体験や見聞をもとに現実的な作り物語を創作した。11世紀初め、宮廷世界に取材した清少納言の『枕草子』、光源氏を主人公にさまざまな事件と人々の生き様を描いた紫式部の『源氏物語』はその代表である。

2.4　王朝の衰退と次代への胎動

後宮や摂関家に文化的サロンが生まれると、女房達は、そこを訪れる男性貴族たちとともに、漢詩文や和歌に基づく王朝的美意識を洗練させていった。しかし11世紀後半、摂関体制に陰りが見え始めると、宮廷の文化的基盤が衰え、物語文学そして女流文学も活気を失った。そして12世紀前後からか、かつての華やかな時代を回顧する『栄華物語』などの歴史物語が出現する一方、和歌では王朝和歌の類型的表現を反省して革新をめざす動きが現れた。また、庶民生活に息づいていた歌謡や世俗説話・仏教説話が貴族に受け入れられ集成されるなど、表現世界が拡大して、中世文学への胎動を示した。

3 『古今和歌集』

平安初期の国風暗黒時代、私的な場に押しいれられていた和歌は、850年ころからの六歌仙の活躍、国風文化の見直しを背景に公的な場に受け入れられていった。10世紀初めの『古今和歌集』編纂はその画期をなす。以後、和歌は儀礼・遊宴の晴れの場、社交・恋愛などの私の場で詠まれ、生活空間を情趣化する言語表現として、平安貴族社会に浸透していった。

『古今和歌集』編纂以後、貴族社会に浸透した和歌は、社会生活を送るうえでの必須教養となり、次第に歌を詠む人々の範囲も拡大していった。『後拾遺和歌集』編纂前後の11世紀後半、和歌の美的表現への関心が高まると、定数歌・題詠歌を通じてその可能性が追求され、遊宴性の強かった歌合せは歌の優劣を競う場となって歌論の発展を促した。また、歌人集団や歌道の家が生まれ、中世和歌の開花を用意した。

『古今和歌集』は『古今集』ともいわれる。題は、万葉集に入らない古歌と今の歌の集の意。20巻、約1100首。醍醐天皇の勅命で、紀友則・紀貫之・凡河内躬恒・壬生忠岑の四人が選集し、延喜5年（905年）奏覧した。全20巻は、春（上下）・夏・秋（上下）・冬・賀・離別・羇旅・物名・恋・哀傷・雑（上下）・雑体・大歌所御歌に部類分けされ、巻頭に仮名序、巻末に真名序が置かれている。大半は短歌で、長歌5首、旋頭歌4首がある。

『古今和歌集』は宮廷詩としての和歌の地位確立をめざした初の勅撰和歌集である。序には、和歌について、人の心を物・事に託して表現した抒情詩であるとする本質論が展開されている。縁語や掛詞、見立てや擬人法などの修辞法を多用する。形式は七五調が主流。物事を理知的・観念的にとらえ、優雅繊細に歌いこなす「たおやめぶり」❶が特徴だが、万葉集を尊重する正岡子規に否定された。

組織は全巻を通して精緻に体系化されている。たとえば、四季の部には年内立春から歳暮までの推移が、恋部では「まだみぬ恋」から「あきらめ」までの変転が、歌の配列によって構成されている。その一つ一つは、自然と人生にわたる美の諸相を見事に切り取ったもので、人々はこれを通して王朝の美意識を学んで行った。また以後の文学や芸術にも、美の規範として絶大な影響を与えた。

3.1　巻頭の仮名序

やまと歌は、人の心の種として、よろづの言の葉とぞなれりける。世の中のある人、事、業しげきものなれば、心に思ふことを見るもの聞くものにつけて、言ひいだせるなり、花に鳴くうぐひす。水に住むかはづの声を聞けば、生きとし生けるもの、いづれか歌をよまざりける。力をも入れずして天地を動かし、目に見えぬ鬼神をもあはれと思はせ、男女のなかをもやはらげ、猛きもののふの心をもなぐむは歌なり……

3.2　巻末の真名序

夫和歌者、託其根於心地、発其華於詞林者也。人之在世、不能無為、思慮易遷、哀楽相変。感生於志、詠形於言。是以逸者其声楽、怨者其吟悲。可以述懐、可以発憤。動天地、感鬼神、化人倫、和夫婦、莫宜於和歌。和歌有六義。一曰風、二曰賦、三曰比、四曰興、五曰雅、六曰頌。若夫春鶯之囀花中、秋蝉之吟樹上、雖無曲折、各発歌謡。物皆有之、自然之理也。然而神世七代、時質人淳、情欲無分、和歌未作。

---

❶「たおやめ」はしなやかで美しい、やさしい女性のこと。「たおやめぶり」は、『万葉集』の「ますらおぶり」に対する、『古今集』に代表される平安和歌の優美で繊細・女性的な歌風。江戸時代、賀茂真淵が最初に用いた。

逮于素戔烏尊、到出雲国、始有三十一字之詠。

3.3 小野小町

小野小町（おののこまち）の詳しい系譜は不明である。彼女は絶世の美女として数々の逸話があり、後世に能や浄瑠璃などの題材としても使われている。

①思ひつつ寝ればや人の見えつらむ夢と知りせばさめざらましを

現代語訳： 恋しく思いながら寝入ったので、その人が現れたのだろうか。夢だと知っていたら、目覚めたくはなかったのに。

中国語訳：情思萦入梦，梦醒时分君不见，但愿不复醒。

②今はとてわが身時雨にふりぬれば言の葉さへにうつろひにけり

現代語訳： 今はもう、時雨が降ると色が変わる樹々のように、我が身も涙に濡れて古びてしまったので、あなたが以前約束して下さった言の葉さえも変わってしまったのです。

中国語訳：吾今容色减，如同寒雨变叶色，君亦改誓言。

3.4 紀貫之

紀貫之（きのつらゆき）は、平安時代前期の歌人・貴族で、『古今和歌集』 の選者の一人である。

①霞たちこのめもはるの雪ふれば花なき里も花ぞ散りける

現代語訳： 霞があらわれ、木の芽も芽ぐむ春——その春の雪が降るので、花のない里でも花が散るのだった。

中国語訳：春日霞光起，春雪如落花，无花乡里雪作花。

②青柳の糸よりかくる春しもぞみだれて花のほころびにける

現代語訳： 青々とした柳の葉が、糸を縒り合せるように絡まり合う春こそは、糸がほどけたように柳の花が開くのだった。

中国語訳：绿柳如丝捻，春深时分丝捻乱，柳上花已绽。

③暮ると明くと目かれぬものを梅の花いつのまにうつろひぬ

らむ。

現代語訳： 日が暮れれば眺め、夜が明ければ眺めして、目を離さずにいたのに、梅の花は、いつ人の見ていない間に散ってしまったのだろう。

中国語訳：昼夜望梅花，双目未忍离，花落依然人不知。

④桜花咲きにけらしもあしひきの山のかひより見ゆる白雲。

現代語訳： 桜の花が咲いたらしいなあ。山の峡を通して見える白雲。

中国語訳：两山相逢处，忽见白云现，莫非樱花已盛开?

3.5　紀友則

紀友則（きのとものり）は、平安時代前期の歌人・官人で、紀貫之の従兄弟にあたる。

①ひさかたの光のどけき　春の日に静心なく　花❶の散るらむ

現代語訳： こんなに日の光がのどかに射している春の日に、なぜ桜の花は落ち着かなげに散っているのだろうか。

中国語訳：春光已煦暖，樱花却凋零，春日匆匆无静心。

②春霞たなびく　山の桜花見れども　飽かぬ君にもあるかな

現代語訳： 春霞がたなびく山の桜はいくら見ても飽きることはありません。それと同じように、いくら逢っても飽きることはないんですよ、あなたには。

中国語訳：我心永不厌，舞空春霞山中樱，可比卿之美。

3.6　凡河内躬恒

凡河内躬恒（おおしこうちのみつね）は平安時代前期の人

---

❶　奈良時代では、「花」と言えば「梅の花」であるが、平安時代では「桜の花」だと思われる。花柄が長い桜の風にゆらゆらするところが繊細美にあふれるだけでなく、王朝貴族の無常感と哀れをも誘ったのである。桜はこれで日本美の代表として日本文芸の永遠のテーマになった。

で、歌人としては紀貫之と並ぶほどである。

①風吹けば落つるもみぢ葉水きよみ散らぬ影さへ底に見えつつ

現代語訳：風が吹くたびに落ちる紅葉——水が澄んでいるので、まだ散らずに残っている葉の姿までも底に映りながら。

中国語訳：风吹红叶落，枝上残叶映清水，水底亦可见。

②五月待つ花橘の香をかげば昔の人の袖の香ぞする

現代語訳：（旧暦の）五月を待って咲く、橘の花の香りを嗅ぐと、昔にお付き合いしていた人の袖に焚き染めていた香りがして昔のことが思い出される。

中国語訳：橘花开五月，待到花开思故人，橘香如袖香。

3.7　壬生忠岑

壬生忠岑（みぶのただみね）、生没年未詳。

有明のつれなく見えし別れより暁ばかり憂きものはなし

現代語訳： 有明の月は冷ややかでそっけなく見えた。相手の女にも冷たく帰りをせかされた。その時から私には、夜明け前の暁ほど憂鬱で辛く感じる時はないのだ。

中国語訳：黎明冷凄凄，冷淡正如她，从今望晓心感伤。

4　初期物語

10 世紀に入ったころ、かな文字の発達を背景に、文人男性貴族の手によって仮名文学作品が数多く作られた。上代から伝わる伝承や当時中国から渡ってきた話に題材をかりて、世にも稀な空想的出来事を創作した伝奇物語、歌をめぐるエピソードとして語られていた話（歌語り）や個人家集をもとに、歌を山場において出来事の情趣を再現してみせる歌物語、私的体験を仮名で書いた日記などがそれである。前二者を 『源氏物語』 以後の物語と区別して初期物語という。

初期物語の成立以前、口頭伝承の世界では、上代以来の神話・伝説や昔話、歌物語、作り話が語られていた。一方、中国の怪異説話や伝奇小説、叙事文学、仏教文学の刺激を受けた知識人の間では、これらを模倣した漢文小説の創作が流行した。

こうした中、仮名が発達し、語るように書くことが可能になると、これらは仮名で記され、古伝承・民間説話や漢文小説の世界からは伝奇物語が、歌語りと宮廷の噂話からは歌物語が生まれていった。歌物語には『大和物語』のように種々の話題を集めた作品、『伊勢物語』のように一人物の話題で統一する作品があり、特に後者は、10世紀後半、家集の物語化を促した。

仮名で書かれた初期物語は女性に読まれたが，やがて心理描写にすぐれた女流日記文学が生み出されると、両者は融合し、『源氏物語』以降の物語文学へと展開して行く。

4.1 『竹取物語』

作者未詳。成立は900年前後。『源氏物語』では『かぐや姫の物語』『竹取の翁』ともいう。

4.1.1　内容

平安朝の物語は多く主人公の名で呼ばれたことから、この作品が、かぐや姫のみならず、竹取翁の物語としても読まれたことがわかる。一巻。仮名の最古の伝奇物語である。竹の中から竹取り翁の見つけた女の子が急速に成長して美しい女性となり、翁を富ませるが、貴公子の求婚を退け帝の求愛をも拒否して、八月十五日の夜に月に帰っていく物語。

4.1.2　作品選読

世界の男、あてなるも卑しきも、いかで、このかぐや姫を得てしかな、見てしかなと、音に聞きめでて惑ふ。そのあたりの垣にも、家の門にも、居る人だにたはやすく見るまじきものを、夜は安き寝も寝ず、闇の夜に出でても、穴をくじり、垣間見、惑ひ合へり。

現代語訳： 世の中の男はみんな、身分が高いものも低いものも、何とかしてこのかぐや姫を手にいれたい、妻にしたいと思い、彼女の噂話を聞いては恋心を募らせていた。翁の家の垣・門からも見えず、屋敷に仕えている人でもその姿を簡単には見ることができないのに、男たちは夜もほとんど眠らずに出歩いて、屋敷の周囲の垣根や門に穴をこじ開け、中を覗き見してはうろうろとしていた。

中国語訳：世上的男人不论贵贱都想娶辉夜姬为妻，每次听到她的传说就增加爱慕之情。但是很难通过竹取翁家的门墙看到她的倩影，实际上即使是在她家中干活的人也很难一睹。于是男人们就在竹取翁家附近的门墙上凿洞，徘徊着想要一睹芳容，几乎为此彻夜不眠。

4.2 『伊勢物語』

題名の由来は未詳だが、69 段の、伊勢の斎宮との恋愛に関係づける説がある。作者・成立未詳。業平自作の歌日記的作品があり、これに子孫が、『古今和歌集』 や 『万葉集』 の歌を加えるなどして、順次増補されたらしい。現在の形が整ったのは10 世紀中ごろ。

4.2.1 内容

在原業平とおぼしい 「昔男」 を主人公とし、初段に元服儀礼の 「初冠」 直後の話題、末段に辞世歌の話題をおいて一代記の形を整え、その間に歌を中心とした恋愛や風雅の諸話を収めた歌物語。全 125 段、和歌 209 首。

本作品は、こうした 「昔男」 の激しくも洗練された恋の振舞い（雅）、落魄の日々と人生の感懐（憂し）を描く。そしてそれらは、摂関制下に憂いを深め風流を慰めとした王朝人に共感をもって迎えられた。

文体は簡潔な和文体。各段は、「昔」「昔、男ありけり」 などで始まり、出来事を短文を連ねて語った後、そこで詠まれた歌を記して結ばれる。歌が話題の情趣の中心に位置するのが特徴で、本文は歌集の詞書のような作歌事情解説ではなく、和歌が詠まれるに至る過程を一つ一つたどりなおし、和歌に込められた感慨を出来事の再現を通して理解させるものとなっている。

4.2.2　作品選読

昔、男ありけり。女の、得まじかりけるを、年を経てよばひわたりけるを、辛うじて盗み出でて、いと暗きに来けり。芥川といふ河を率ていきければ、草の上に置きたりける露を、「かれは何ぞ」 となむ男に問ひける。

現代語訳： 昔、男がいました。(高貴な) 女性で、自分のものにすることができそうになかったのを、長年求婚し続けてきたのですが、(その女性) をやっとのことで盗み出して、とても暗い中 (逃げて) きました。(その道中で) 芥川という川を (女性を) 連れて行ったところ、(女性は) 草におりていた露を (見るなり) 「あれはなんですか」 と男に聞いた。

中国語訳：从前，有个男人爱慕一位高贵的女性，连续求婚求了很多年。一天，男人成功地把这个女人偷到手，之后奔逃在黑夜里。途中他们要渡过一条名为“芥川”的河。此时女人看见了草上的露珠，就问男人“那是什么”。

5 『源氏物語』

11 世紀前後、仮名で書かれた初期物語 (伝奇物語・歌物語) の読者であった女性たちは、自ら物語文学の担い手に育っていった。女房として宮廷や摂関家に仕えて見聞を広め、日記を書きながら内面を見つめた女性たちが、物語の世界をかりてこの世に生きる人の姿を映し始めたのである。物語は伝奇性を残しながらも現実性を深め、幸せな結婚よりもあやにくな出会いを、華々しい栄達よりも政治に揺り返される苦悩を現実的に描き、人々はそこに人生をめぐる「宿世」❶を深く感じとっていった。代表的なのは『源氏物語』である。

『源氏の物語』『光源氏の物語』ともいう。いずれも、『竹取り』『落窪』同様、物語の主要登場人物名を冠して題名としたもの。『紫の物語』❷は俗称。54巻（帖）。400字詰め原稿用紙で約2000枚にあたる。作者は紫式部で中古36歌仙のひとり。父は藤原為時、母は藤原為信の娘。漢詩文に才のある父の影響を受け、幼いころから漢籍や和書に親しみ、すぐれた才能を示していた。著作に『紫式部日記』『紫式部集』がある。

5.1 内容

正確な成立ははっきりしていないが、いずれにしても、はじめ短編作品としていくつかの巻が書かれ、それらが集成され、また新たな巻が補われ、長編物語化したものである。

全54帖は、内容からみて三部に分けられる。すなわち、

第一部（桐壷~藤の裏葉）光源氏の誕生から青年期・壮年期。

第二部（若菜上~雲隠）光源氏の栄華の絶頂期から死まで。なお、光源氏の死は雲隠巻に語られたというが残されていない。当初から書かれなかったという。

第三部（匂宮~夢の浮橋）光源氏亡き後の源氏子孫たちの物語。このほか、『帚木三帖』『玉鬘十帖』『宇治十帖』など、同一

---

❶ 生まれる前の世の因縁のこと

❷「紫の上」という女主人公による名前である。桐壷、藤壷と同じように完璧女性である「紫の上」は前二者と同じように「紫」の色で名づけられる。哀れで、繊細優雅な感じをもたらす「紫」の色は日本伝統美を代表する色になり、また『源氏物語』の作者の名前になる。

テーマをもった数巻を一つのまとまりとして呼ぶこともある。

光源氏の一生とその子孫たち、また彼らをめぐる人々の姿を語るこの一大長編物語には、華やかな貴族社会にありながらも、なお消えることのない不安や苦悩に満ちた人間の姿、親子間・男女間の情愛があますことなくえがかれている。そして、このような人間の真実や「あわれ」の抒情が、社会や人間への鋭い観察、壮大な構想、周到な人物造型、精緻な心理描写、また情趣豊かな自然描写によって表現されている。作り物語（虚構作品）として、日本古典文学の最高峰とされ、現代でも多くの読者を魅了してやまない所以である。

5.2　文体

本作品は、物語が音読みによって鑑賞されていたころの名残、あるいは口頭で語られた際の語り口や表現手法を模倣していることもあって、次のような文体的特徴をもつ。

①一文が長い。②主語の省略が多い。③待遇表現（敬語）が多い。④一文中に単文が挟み込まれている。

また、事象を語る文は短く断定的、心情や自然の描写は長文で説明的と、長短の文が表現の濃淡や独特のリズムを生み出している。さらに、漢詩や和歌、歌謡を踏まえた叙述が効果的に用いられ、奥行きのある表現となっている。

5.3　作品選読

日いとよく晴れて、空のけしき、鳥の声も、ここちよげなるに、親王たち、上達部よりはじめて、その道のは、皆、探韻たまはりてふみつくりたまふ。宰相の中将、「春といふ文字たまはれり」と、のたまふ声さへ、例の、人に異なり。次に頭の中将、人の目移しもただならずおぼゆべかめれど、いとめやすくもてしづめて、声づかひなど、ものものしくすぐれたり。さての人々は、皆、臆しがちにはなじろめる多かり。地下の人は、まして、帝、春宮の御才かしこくすぐれておはします、かかる方にやむごとなき人多くものしたまふころなるに、はづかしく、はるばるとくもりなき庭に立ちいづるほど、はしたなくて、やすきことなれど、苦しげなり。年老いたる博士どもの、なりあやしくやつれて、例馴れたるも、あはれに、さまざま御覧ずるなむ、をかしかりける。

現代語訳： よく晴れた日で、空の模様、鳥の声なども心地よさそうなのに、皇子たちや上達部などをはじめとして文学の道に精しい人々は、皆御前で、各々、詩の中で踏むべき韻字を書いた紙を賜って、それによって詩を作られるのである。源氏の宰相の中将は、「私は春という文字を賜りました」 とおっしゃるお声さえ並々の人と異なって聞こえる。それにつづく頭の中将は、源氏の君に自然と見較べられて、満座の人々から注目されるのは気の張ることと思われるけれども、大そう見よいさまに落ち着きはらい、声づかいなども重々しく優れていた。そのほかの人々は、皆気後れして、冴えない顔つきのが多い。まして殿上人でない者などは、帝や東宮の御学才がとりわけ秀でておいでになり、こうした方面にも優れた貴人がたくさんいられるこの頃の時世なので、恥かしく、ひろびろと清麗なお前の庭に立ち出るのも気が負けて、詩を作るのはさして難しいことでもないのにせつなそうである。

老年の博士たちが、身なりはみすぼらしいながらも場慣れて振る舞っているのもお心にとまって、帝はさまざまの人をご覧になるにつけて興深く思し召すのであった。

中国語訳：天空晴朗、百鸟争鸣，让人倍感愉快的这天，皇子、公卿以及精于此道诸人来到御前，用御赐之韵赋诗。源氏中将首先宣布：“臣得韵为春”，声音迥异凡响。其次出场的头中将，虽然感到在座诸人自然会将自己与之比较而有些紧张，但还是能够做到身姿和声音不失稳重优美。其他人则都因倍感压力而颇不自然。更不必说未能位列御前的诸人，虽然赋诗并非极难之事。但看到皇上和太子不仅才学优异，在吟诗作赋方面也有诸多文采斐然的高贵人士环绕左右，不禁感叹当世文运昌盛，同时不由得自惭形秽，瑟瑟缩缩于清丽宽敞的前庭。倒是几个年老的学者，虽然衣着寒酸古板，但因见过这样的场面所以举止依然沉着自然。皇上看着这各色人等，颇觉有趣。

6 「物の哀れ」

江戸時代の国学者である本居宣長は、長年の緻密な研究を通して、『源氏物語』を「物の哀れ」という言葉でまとめた。『源氏物語』は淫を戒める道徳書ではなく、「物の哀れ」を知り、そして「物の哀れ」を知らせる本だと繰り返して主張した。『源氏物語』は疑いなく古典中の古典で、それ以後の日本文学に深い影響がある本であるから、「物の哀れ」ももちろん日本古典文学のキーワードと言え、十分説明する価値がある。

日本語の「物」は「物事」「品物」などの意味があるだけでなく、「物知り」「物好き」「物哀しい」のような、主観的感情、気持ち、趣を表す一面がある。「哀れ」は、深い感動、可憐な様子、哀れむ気持ち、しみじみ感じる趣や美感などを意味する。深い感動、趣や美感を意味する「物の哀れ」という言葉が『源氏物語』の美意識として定評された。

『源氏物語』に書いてあるように、意気揚々よりも涙ほろほろ、派手な服や姿よりも、簡素で地味な様子、若くてかわいいよりも、沈静で思いが深い、満足するよりも叶わない気持ち、哀れな気持ちのほうが、より一層人を感動させ、美を感じさせる。空蝉と軒端荻、浮舟と中の君、若い源氏と中年の源氏、若い紫の上と30を超える紫の上など、切りがないほど多くの比較や評価によって作者は自分の独特な美意識を伝える。それは、哀愁が心に潜んでいる時表に咲きだす美しさ、病、老、苦、空、無常から脱しきれぬ人間存在の悲劇性から見取る美であり、また本居宣長のいう「物の哀れ」である。

西洋の悲劇美は往々にして「崇高」という特性がある。高々なる宮殿、激烈なる戦い、熱烈なる抒情の場面が西洋の文学、美術、建築、彫刻の中にあふれるほど多く存在し、西洋の「崇高」美を表している。「目の前にある物事と両立することができないととうとう悟るとき、我々は勇気を出して抵抗する。こうして初めてこの世界と決裂することができると身をもって感じ、崇高感もそれに従って来る」の句の言う通り、崇高感は、不完全や不如意など欠陥や遺憾を納得できず、抵抗、決裂しようとするところから生じるのである。それとは異なり、「物の哀れ」は、古代末期の貴族社会に誕生した高度的美的表現で、目崎徳衛の言うように、「つくづく無常や人間存在のはかなさを体得した古代の貴族文人たちが、人生の無常を超越しようと文学創作と思想探索を務めた」結果である。

人生の生、老、病、苦を味わい、はかなさと虚しさを体験する貴族たちは「憂き世」を嘆き、仏教に救いを求め、無常や人生を悟る。そして人生の不如意、不完全、欠陥や遺憾を納得でき、運命の一部分として受け入れる。その慰みと労りとして咲きだしたのは、「物の哀れ」の美的表現である。貴族文人たちは、西洋人のように「この世界と決裂する」ことなく、無常にいながら無常を悟り、哀れに美を発見し、人生のはかなさや虚しさを超越し、昇華させたのである。だからこそ、「物の哀れ」は剛なる「崇高」ではなく、繊細、哀れ、優美、沈静、優雅、謙退、柔軟な「弱徳」の美である。

『源氏物語』に繰り返して表現される「物の哀れ」の美は、その後の日本文学や文芸に深く影響し、だんだん日本における基本的美意識となっていく。

7　歴史物語

歴史上の人物や出来事、またそれらにまつわる逸話を取り上げながら、時の流れにそって、古の人と世のあり様を回想的にに語った仮名作品を、歴史物語という。歴史物語は「世継ぎ」「鏡物」と呼ばれる。11世紀中ごろ以降、このような作品があらわれた背景には、国家の史書編纂が途絶えていたこと、摂関制から院政へと移行するなかで、歴史回顧と王朝文化への憧憬が強まったことなどがある。また、物語への関心が高まったこと、故事・逸話などの説話が多く伝承されていたことなど、同時代的な文芸動向のかかわりもおおきい。

この時代の歴史物語は主として『栄華物語』とそれに続く『大鏡』『今鏡』『水鏡』『増鏡』の『四鏡』を加えた五作品を指す。その叙述のスタイルには、編年体と紀伝体とがある。

①編年体　（出来事を月日の流れに沿って列挙）『栄華物語』『水鏡』『増鏡』

②紀伝体　（人物伝を時間の流れに沿って列挙）『大鏡』『今鏡』

これらは中国の史書以来のものだが、歴史物語の特徴は、物語作品と同様に語り手を設定し、これらの出来事や人物伝をその語り手の回想として記している点にある。

これが物語と呼ばれる所以だが、さらに四鏡の場合、この語り手が作品中に登場する。すなわち、ある場所で老人の回想談を聞いた人物がその見聞を記す形をとっているのである。そこでは、老人の歴史語りに反論、補足する人々の姿や筆録者の感想も記され、それによって歴史像の多面化や批評が図られる。歴史物語は、このように、歴史像の表現と歴史批評の一様式として生み出されたものであった。

『大鏡』は、歴史を映しだす大きな鏡が題意。『世継ぎが物語』とも呼ばれた。「世継ぎ」は本来、歴史書の意だが、これらの呼称は、作品中の語り手である大宅世継の名を冠したもの。6巻。

作者・成立ともに未詳。内容から見て、王朝の政治動向、特に藤原道長とその周辺の事情に詳しく、歴史を批評的に概観できる教養豊かな男性が作者像。おそらく1100年前後、『栄華物語』や『扶桑略記』『今昔物語集』などとともに、歴史の見直しが迫られた文化状況の中で作られたものであろう。構成は次の通り。

①序　座談の場の紹介

②本紀（文徳~後一条）各天皇代の記録とエピソード

③列伝（藤原冬嗣~道長）藤原北家の大臣とその子孫に関する逸話

④藤氏物語（藤原鎌足~道長）道長に至るまでの一門繁栄の歴史回顧

⑤昔物語（補説）風流譚、不思議譚、信仰譚などの話題拾遺

本紀冒頭の文徳天皇は冬嗣の孫、列伝冒頭の冬嗣は藤原氏興隆の起点、また万寿2年は道長の栄華の最盛期である。これらからして、本作品の主題が、道長に至るまでの藤原摂関家全盛への軌跡の叙述にあったことは疑いない。ただし、同様の主題を担う『栄華物語』が賞賛に終始したのに対し、『大鏡』は、座談形式によって視点を複眼化し、疑問や批判、批評を交えて歴史像を多面的に描き出すところに特徴がある。

原文：世継が言ふやう、「世はいかに興あるものぞや。さりとも、翁こそ、少々のことは覚えはべらめ。昔さかしき帝の御政のをりは、『国のうちに年老いたる翁・媼やある』と召し尋ねて、いにしへの錠のありさまを問はせたまひてこそ、奏することを聞こしめし合はせて、世の政は行はせたまひけれ。されば、老いたるは、いとかしこきものにはべり。若き人たち、なあなづりそ」とて、黒柿の骨九つあるに、黄なる紙張りたる扇を差し

隠して、気色だち笑ふほども、さすがにをかし。

現代語訳：世継がいうことには、「世の中はどんなおもしろいものだろう。それにしても、老人こそが、少しは記憶しているでしょう。昔賢い帝が御政治をなさるときは、『国の中に年老いた老人・老女はいるか』と探してお呼び寄せになり、昔の規律の様子をお尋ねになって、申し上げることをお聞きになり考えあわせなさって、世の政治を行いなさったのだよ。そうであるので、年をとったものは、たいそう尊いものでございます。若い人たちは、軽じないでくれ」と言って、黒柿の骨が九本あるものに、黄色い紙を張った扇をかざして顔を隠して、気取った風で笑う様子も、それでもやはり風情がある。

中国語訳：世继说道“世间之事是多么有意思啊。虽说如此，身为老人，还是多多少少记着一些的。古代的圣君理政之时，会询问‘国中何处有老翁、老妪？’然后把老人们叫过来问一些以前的事情，认真听取之后认真思考，并用于治理国家。因此老人们倍受尊崇。年轻人不可小视。”说完后，他打开一把有九根黑色扇骨的黄色折扇遮住脸装笑，这番模样倒也颇有风度。

8　説話文学

神話・伝説・昔話・寓話・故事・世間話などの、伝承された話を総称して説話という。中古も上代に続き、神の物語や氏族の系譜を説く話題、仏教の教えを説き示す例話、詠歌事情を伝える歌語り、故事、世間話などが口頭で語られた。それら本来、由来・因縁・教理・教訓を説く役割をもっていたが、平安時代後期、中央と地方との物的文化的交流の高まりを背景に、社会各層の人々とその生活の種々相が説話として語られた。

説話集は、はじめ、『日本霊異記』のように、特定の主題のもとに話題を記録集成した「記」として編まれた。しかし、説話への関心が出来事や語られ方（物語性）へと移るに従い、物語集として編まれた作品もあらわれた。散逸『宇治大納言物語』や『今昔物語集』はその例である。

『今昔物語集』は、「今は昔」の物語（説話）の集が題意。『今昔物語』は略称。全31巻、1059話。編者・成立ともに未詳。成立は、11世紀初め以降半ば（1120~1140年）ごろとされる。

本作品は、天竺（インド）・震旦（中国）・本朝（日本）の三部を立て、各部を仏法・世俗に分ち、当時世界の全体と考えられていた三国の話題を組織的に収録した。所収説話は、それぞれの国の、さまざまな階層の、多様な人の生き様を語り、平安時代の「世界の説話」叢書とも呼ぶべき内容をもつ。しかし作品は、仏教的な歴史観や世界観を背景に組織構成を整え、そのもとに各話を配置して、仏教的な観点からの世界像を描き出そうとしている。なお、所収説話の多くは先行資料によったもので、採録の際の書き換えなど、編者の主体的な介在が認められ、本集独自の語りの魅力が作り出されている。

中世・近世前期を通じて本作品は、ほとんど流布しなかった。広範な享受は、近世中期（1733年）に改編版本が出版されてからのことである。近代になって芥川龍之介によって価値が再発見され、以後、小説家の取材源となった。

原文（『羅生門』）：嫗、手まどひをして、手をすりてまどへば、盗人、「こは何ぞの嫗の、かくはし居たるぞ」と問ひければ、嫗、「おのれが主にておはしましつる人の失せ給へるを、あつかふ人のなければ、かくて置き奉りたるなり。その御髪の丈に余りて長ければ、それを抜き取りて鬘にせむとて抜くなり。助け給へ」と言ひければ、盗人、死人の着たる衣と嫗の着たる衣と、抜き取りてある髪とを奪ひ取りて、下り走りて逃げて去にけり。

現代語訳：老婆は突然のことに慌てて、手をすり合わせて狼狽している様子である。盗人は「こら、婆さん、お前はだれだ、何をしているんだ」と尋問した。老婆は「私の主人だった姫君がお亡くなりになって、葬ってくれる人もいないので、ここに置いているんだ。髪が背丈を越すほどに素晴らしいので、鬘にしようと思ってこうやってぬきとっている。たすけてくれ」と懇願した。盗人は死人の着物と老婆の着物とをはぎとって、抜き取っていた鬘の毛も奪いとり、門の階段を駆け下りて逃げ去っていた。

中国語訳：老太婆大吃一惊，搓着双手非常狼狈。强盗问她："你是谁，在干嘛？"她恳求道："这位郡主是我的主人，死后没有人为她安葬，被丢弃到这里。她的长发过腰，非常美丽，我就想拔下来做假发。请饶我一命。"强盗抢走了死人的衣物，把老太婆的衣物和她拔下来的头发也一并抢走，跑下楼梯消失在夜色中。

9　日記・随筆

10 世紀、和歌が貴族社会を中心に浸透すると、人々は歌を通して「人の心」と「人の世」を見つめ表現した。そして漢字に比べて私的な場で用いられた仮名が普及すると、人々は自らの感懐を歌とともに仮名で記した。最古の日記『土佐日記』は、このような仮名表現の世界の形成を背景に生まれた。一方、仮名の主たる担い手であった女性も、随想を歌とともに記し、人生を回顧して日記を著した。彼女たちは自己の体験を仮名で書くことでさらに現実への視線を育み、物語文学の新たな展開を用意していったのである。

しかし、日記文学は、単なる男の日記の女性版、仮名書き版ではない。男の日記が日々の公的な出来事を漢字で記録するのに対して、女の日記は私的な生活を和歌とともに仮名で記す。その点、和歌とその詠歌事情を記した家集に近く、日記文学は日記の形式を借りてこれを回想的に再構成したものといえる。また宮中という晴れの場での私的生活の回想や随想を語る『枕草子』も、このような日記の一種とみなすことができる。

9.1 『土佐日記』

一巻。作者の紀貫之（870~945年）は、「36歌仙」の一人である。『古今和歌集』撰進の中心人物（最多102首入集）で、初の本格的な和歌論である『仮名序』を書いた。

本作品はある土佐守（貫之）が任期を終え京の自宅に帰るまでの出来事を、随行した女房の見聞録として記した旅日記である。作中に57首の和歌を含む。内容は出発時の送別の様子、船中での人々の言動、自然の景観、風雨や海賊への恐怖、和歌の批評、望郷の思い、帰京の感慨など多岐にわたる。世相や人情を描写する滑稽・風刺・諧謔に富んだ表現に興趣があるが、作品全体に底流しているのは、土佐でなくした娘を思う、前土佐守とその一行の私的な哀惜の情で、本作品の主題と意義もここにある。

当時、「日記」には、日々の公的行事や出来事が変体漢文で記録されていた。しかし本作品で作者貫之は、まず筆者を女性に設定することで男性としての公的制約から自由になり、さらに女性が主に使用したひらがなを用いることで自在な表現法を手に入れたのである。

こうして、「男の日記」では表現できない私的心情を描くことに成功した。これは、和歌を中心に成熟しつつあった仮名表現と「日記」の形式とを結びつけたもので、ここに、私的心情を虚構をかえて回想的に綴る、仮名の日記文学という新たな様式が誕生したのである。

原文：男もすなる日記といふものを、女をしてみむ、とてするなり。それの年のしわすの二十日あまり一日の日の戌の刻に門出す。そのよし、いささかに物に書き付く。

現代語訳：男の書いていると聞いている日記を女の私も試みてみようと思って書くのである。某年の12月21日の午後8時ごろ、旅立つ。その旅のことを少しばかり日記に書きつける。

中国語訳：听说日记都是男子写的，我虽身为女子却也想勉力一试。我曾于某年 12 月 21 日下午 8 点开始一段旅行，现在我将把途中发生的一些事情写于日记。

9. 2 『蜻蛉日記』

かげろふは昆虫の蜻蛉とも陽炎ともいう。いずれも「はかなさ」を象徴する歌ことばで、「はかない我が身の上の日記」が題意。3 巻。

作者は藤原倫寧の娘で、藤原兼家と結婚し藤原道綱を生んだ女性（通称「右大将道綱母」）。本作品は、天暦 8 年（954 年）以降 21 年間にわたる、夫兼家との満たされぬ結婚生活、息子道綱への母性愛を自他の216 首の歌とともに記した回想録である。なお、上巻の兼家歌（116 首中 36 首）、下巻の道綱歌（80 首中の30 首）の多さから、本来、兼家・道綱の歌を家集として留めようとしたものであったとする説もある。

作品冒頭には、物語の「そらごと」よりも奇異な自らの結婚生活を振り返り、苦悩と不安の中にある女の生の現実を描くことが宣言される。こうして始められた仮名による半生の回顧は、次第に内省的な心理描写を作品にもたらしていった。それは人の世、人の心を主題とした和歌表現の散文化でもあり、やがて物語文学をはじめとする散文作品に大きな影響を与えていった。

原文：かくありし時（若かりし日々）過ぎて、世の中にいとものはかなくて（より所なくて）、とにもかくにもつかで（中途半端な夫婦関係のまま）世にふる（人生を送っている）人ありけり。

現代語訳：半生を虚しく過ごしてきて、まことに頼りなく、どっちつかずな感じで生きている女がいた。

中国語訳：我是一个半生虚度、身无长物的女子，似乎总是在若即若离地生活着。

9. 3 『更級日記』

「更級」は、作者の亡父の任地であった信濃国の歌枕で、姨捨山・月とともに詠まれた歌言葉。本作品の題は、自らを 「闇に暮れたる姨捨」 と呼ぶ、老いて 「慰めかねぬ」 心境にある作者の感慨を、更級の語に託したものである。一巻。

作者の菅原他孝標女（1008~1059年）は、『蜻蛉日記』 の作者、藤原道綱母の姪にあたる。寛仁元年（1020年、13歳）から康平3年（1060年、53歳）ごろまでの、40年にわたる人生の回想録で88首の歌を含む。康平元年（1058）に夫の橘俊通を亡くし悲嘆する記事で終わるところから見て、俊通死後2、3年間の成立。

物語の女君を夢見た日々から、その夢とは裏腹な現実の中で夢のごときはかない生を実感する日々へ。作者は、この宮仕え前後を境に大きく変化した人生を回顧し、幼い日の物語への傾倒と信仰心の欠如を振り返る。

作品はこうして内省的回想録として語られるが、このような物語と現実との相違といった作者の認識は、宮廷女流文学とは別の、女の生の現実を眞正面に見据えた物語文学を生み出していった。

原文： 東路の道の果てよりも、なほ奥つ方に生ひ出でたる人、いかばかりかはあやしかりけむを、いかに思ひはじめける事にか、世の中に物語といふ物のあんなるを、いかで見ばやと思ひつつ、…

現代語訳： 「あづま路の道のはて」 と歌に詠まれた常陸の国よりさらに田舎に生まれた私が、どれほど人目にはみすぼらしく見えただろうに、何を思ったか、世の中に物語というものがあるのを、どうにかして見たいと思いつつ、…

中国語訳：我出生在比“东路的尽头”常陆国更偏远的乡下地方，虽然难免给人鄙陋的印象，内心却不知为何抱着这样一种野心：无论如何也想阅览世间的物语……

9.4 『枕草子』

『枕草子』 は元来 「座右に置く冊子」 の意。「清少納言枕草子」 とも呼ばれた。作者は清少納言（966~1025年）。「清」

は清原氏、「少納言」は近親者の官職名、または家格身分をあらわす。曾祖父の深養、父の元輔は著名な歌人で学者でもある。父の没後、一条天皇中宮定子のもとへ宮仕えに出る。晩年は未詳だが、種々の逸話が伝えられている。

『枕草子』は、後宮文化サロンで活躍した清少納言の、見聞・体験・随想の記で、約 300 章段からなる。一部は長徳 2 年（996 年）ころまでに書かれ流布したが、一書としての成立は長保 3 年（1001 年）ころ。以後も加筆・増補された。

9.4.1　特徴

この作品の特徴は、歴史的事実からみて決して幸せな日々ばかりではなかったはずの定子を、始終華やかさのうちに描く点、また物事の批評や随想に見られる着眼や感性などにあり、清少納言の個性や定子への思いの深さを感じさせている。このような背景には、和歌的美意識を中心とした国風文化の熟成、摂関制の確立とともに生まれた後宮文化サロン、そこでの女房集団による知的共同体の形成があった。作品は、それらを集約した定子後宮における洗練された文化的営みのなかで誕生し、またそこに向かって作られ、語られているのである。

『源氏物語』の「あわれ」❶な文学に対して、『枕草子』

---

❶　しみじみと感動するさま、しみじみと情趣が深い、面白い、美しい、気の毒だ、かわいい、なつかしい、かなしい、痛ましい、やさしい、立派だ、というような意味がある。平安時代を中心とした古典文学の主要な美的理念で、深いしみじみとした感動・調和美・優美・哀感的な美を意味し、またそれらが複合して構成されたものである。はじめ純粋な感動として生まれ、次第に複雑な内容を帯びるようになった。また、「をかし」と同じようにおもしろい、美しいという意味があるが、「あわれ」のほうが情的でやや深く、「をかし」のほうが知的でやや明るい。この違いが後世「悲哀」と「可笑」に分かれるもとになった。『源氏物語』に多用されてあるが、「をかし」と対照して哀感的な美を意味するのが多い。

は「をかし」❶ の文学とされる。これは、各章段に見る、物事への知的な好奇心、興味への敏感な反応、直截的な批評などを評してのことである。また、類聚てき章段を中心に体言止・連体形止が多用されるなど、簡潔な文体は、『源氏物語』の文章のような陰影には乏しいが、かえって清少納言の息づかいをつたえ、明快な印象をあたえるものとなっている。

9.4.2 作品選読

春はあけぼの。やうやうしろくなりゆく山ぎは、すこしあかりて、紫だちたる雲のほそくたなびきたる。

夏は夜。月のころはさらなり、闇もなほ蛍のおほく飛びちがひたる。また、ただ一つ二つなど、ほのかにうち光りて行くもをかし。雨など降るもをかし。

秋は夕暮れ。夕日のさして山の端いと近うなりたるに、烏の寝どころへ行くとて、三つ四つ、二つ三つなど飛びいそぐさへあわれなり。まいて雁などのつらねたるがいとちひさく見ゆるは、いとをかし。日入りはてて、風の音、虫の音など、はたいふべきにあらず。

冬はつとめて。雪の降りたるはいふべきにもあらず、霜のいと白きもまたさらでも、いと寒きに、火など急ぎおこして炭もてわたるも、いとつきづきし。昼になりてぬるくゆるびもていけば、火桶の火も白き灰がちになりてわろし。

現代語訳：

春はあけぼの。だんだんと白んでいく東の山際がすこし赤みを帯びて、茜色がかった雲が細くたなびいているといったところ

---

❶ おもしろい、かわいらしい、うつくしい、趣がある、笑うべきことだ、という意味がある。「あわれ」とともに、平安時代の重要な美的理念。『枕草子』には、優美さや面白さなど、明るい華やかな情趣の美対する賞美の言葉として用いられている。滑稽なものに対する笑いを含んだ意識を示すものとしても使われるのは近世以後。

（がよい）。

夏のよさは、夜にある。月の出るころの魅力はいうまでもない。真っ暗な夜のつづく二十日以後でも蛍がたくさん飛び交う景色はすばらしい。また、一匹か二匹くらいの蛍が闇の中をほのかな光を見せながら飛んでいくのもいいものだ。蛍の飛ぶ夜は、（いやな）雨が降るのもけっして悪くない。

秋はなんといっても夕暮れだ。真赤な夕日が西の山に沈みそうになったころ、烏がねぐらへ帰るというので、三四羽、二三羽と飛びいそぐのまでも心を打つ。烏よりも美しい雁が翼を連ねて空高く小さく飛んでいる景色など、まことに素晴らしい。日がとっぷり暮れきって、（視界が閉ざされると）風の音や虫の声が耳に入ってくるが、これもなんとも言えない魅力がある。

冬は早朝（がいい）。雪が降った朝の素晴らしさは言うまでもないが、霜がとても白くおいている朝でも、雪も霜もない朝でも、とても寒い早朝に、火を急いで起こして真赤に起こった炭を以て廊下を通っていくのも、冬という季節、早朝というときにほんとに似つかわしい。それが、昼になって寒気が緩んでいくと、火鉢の火も白い灰が多くなって面白くないが。

中国語訳：

春天最好是黎明。尤其是东边山际渐渐发白带上红晕、紫红色细长云彩蜿蜒于空中的时候。

夏天的好处在夜晚。月亮的魅力自不必说。阴历二十日之后，漆黑夜色中许多萤火虫交相飞舞的景色也妙不可言。或者，一只两只的萤火虫幽幽闪烁于暗处，这也不错。萤火虫之夜即使下雨也不令人讨厌。

秋天当然是黄昏最美。鲜红的夕阳沉入西山之际，动人的是两三只、三四只的归鸦点点。更美的是比翼的大雁在高空中渐飞渐远。完全日暮之后，耳边传来的风声虫声也极具魅力。

冬天最好是早晨。下了雪的早晨自然很美，无雪有霜或者无雪无霜的早晨也不错。在寒冷的早上急急忙忙生起红红的炭火、捧着经过廊下，这场景与季节、时辰都很相配。当然，到了中午寒气渐缓、红炭变成白灰就没甚可观了。

10　漢文・歌謡

中国の文学様式である漢詩・漢文に学び、その模倣のもとに生まれた日本漢文の世界を、漢文学とよぶ。9 世紀、社会の各方面で唐風文化摂取の気運が高まったいわゆる国風暗黒時代をその最盛期とし、以後も文人貴族や僧侶を中心に創作され続け、和歌や物語をはじめ王朝文化全般に多大な影響を及ぼした。内容は、政治・社会思想・叙事・叙景・抒情・宗教（神事・仏教）にわたる。宮中や法会といった晴れの場で盛んに制作されたが、摂関政治の進展とともに文人貴族の夢が潰えた10 世紀以降、私的な世界では社会批判、また政治不信からくる隠逸志向や仏教への傾倒を内容とした作品も多く作られた。

詠む歌である和歌に対し、手や足で身体の一部、地面・床をうって拍子をとり、曲節をつけて歌われる韻文を歌謡という。上代の歌謡は記紀歌謡にその姿を残すが、中古には、催馬楽・神楽・東遊歌・風俗歌・朗詠・今様などが行われ、それぞれ集成書が編まれる一方、『源氏物語』 などの仮名文学作品にも引用された。

催馬楽・神楽・東遊歌・風俗歌はもと民間に行われたものが貴族に愛好され、儀式歌謡化したもの。漢詩文や和歌の佳句を吟唱する朗詠は、貴族社会の遊宴歌謡。そして今様は、後白河院に愛好され宮廷貴族にも浸透した。王朝は、文字ばかりでなく声に満ちた時代でもあったのである。

第三章　中世における文学

1　社会と文化

鎌倉幕府が開かれた建久 3 年（1192 年）から江戸幕府開設の慶長 8 年（1603 年）までを、「中世」とよぶ。武家が台頭し、公家（天皇・公卿）、武家、寺社（寺院・神社）の三者が、対立と協調、内部的分裂を繰り返した動乱の時代である。文化的にも、新たな宗教運動の展開、公家文化・武家文化・宗教文化の個性化と相互交流、地方文化や庶民風俗の都や貴族社会への浸透、宋・元・明との交渉や西欧人の渡来による異文化の流入など、さまざまな動きが生まれ、混沌のうちにも活力に満ちた時代となった。この時代は、鎌倉・南北朝・室町（戦国・安土桃山時代を含む）の各期に区切られる。

1.1　鎌倉期

源頼朝によって鎌倉に開かれた中央政治機関で、始めて武家が実権を握った時期である。この時期に武家の主従関係や力を中心とする道徳観、道理を強調した政道観が広がった。

1.2　南北朝

後醍醐天皇が吉野に逃れてから、後亀山天皇が京都に帰るまで、朝廷が南北に別れ対立した時代である。後醍醐天皇を支えた勢力のひとつに楠正成など「悪党」と呼ばれる反幕府・反荘園領主的な武装集団があった。民衆の不満を代表する「悪党」の活躍は庶民層に活力を与え、その異様に派手で乱脈な風俗や行動が「バサラの風」として蔓延した。

1.3 室町期

足利尊氏によって室町幕府が開かれたが、その後も南北両朝の内乱、幕府内の抗争が続いた。応仁の乱（1474~1477年）以降は、1世紀におよぶ群雄割拠の戦国時代に入った。この間、前代の「バサラの風」は公家・武家にも広がり、その新たな好尚・風俗を求める動きが、能・狂言などの芸能、茶の湯・いけばななどの芸道を生む背景となった。また、城下町が発展して京文化の地方普及が進み、堺や博多などの自治商業都市もうまれて西欧文化が摂取され、安土桃山時代（織豊時代ともいう）の南蛮文化の生成を準備した。

2 文学概観

中世の文学は、中古以来の文学伝統を受け継ぐ南北朝以前と、武家・庶民階層の台頭を背景に連歌や能といった新たな文学世界が切り開かれた南北朝以後とに大別される。もちろん、新たな文学世界は南北朝以前にすでに芽吹いていた。また、文学伝統は新興の文学世界の洗練に大きな力を与えつつ南北朝以後も生き続けた。しかし、動乱の中、公家・武家・寺社・庶民の諸文化の相互交流が進んだこの時代、文学は、時代の風俗文化の好尚に応じて確実に質的な変化を遂げていったのである。

公家・武家・寺社の権勢が鼎立した平安末期から鎌倉期、人々は、自らの生きる現実を見つめ歴史を振り返り、王朝世界への懐古的姿勢を強めていった。その中で、三代集（『古今和歌集』・『拾遺和歌集』・『後撰和歌集』）や『源氏物語』などの中古文学作品は前代以前の文学伝統を伝えるものとして重んじられた。そして、これらを規範とする王朝世界やその美意識の理念化が進み、模倣や擬古的創作が物語・和歌・日記の領域で数多く行われた。

王朝の理念化は、軍記物語や隠者の草庵文芸にも深い影を落とした。前者は、戦乱を描き新興の武士の生き様を語りながらも、無常に寄せる王朝的な「あわれ」を主情としたし、後者は、宗教性を濃くしながらも、風雅と隠逸志向（浄土信仰）との調和のうちに生きた平安文人貴族に範をあおぐものに他ならなかった。

一方、南北朝期前後に蔓延した「バサラの風」は、文学にも及んだ。『義経記』や『太平記』などの軍記物語にみる人物像の変化はその顕著な例である。また、この風潮とともに進んだ下級階層の文化的台頭は文学世界をも変質させた。お伽草子などの室町時代物語や『閑吟集』に集められた小歌の流行はその繁栄で、そこでは庶民の信仰や夢、生活感情が描かれ、また歌われた。さらに下級階層の風俗芸能が貴族・武家社会の娯楽として受け入れられると、理念化された文学伝統との融合を通じて洗練され、言語芸術としての連歌、舞台芸能としての能・狂言が生まれた。

「語り」は、前代まで、雑談の場の昔話や世間話など音声による言語的伝達の営みを意味した。しかし中世に入ると、節回しをもった声と楽器とが一体化したもの、すなわち「平曲」や説経節などの「語り物」をも指すようになる。芸能の時代とも言うべき中世にふさわしい変貌だが、その中で、文学そのものの芸道化も進んだ。こうして時代は、諸文化の交流のうちに、文学にも新たな様式を生み出し、末期にはキリシタン文学も起こった。

3　歌論・『新古今和歌集』

3.1　歌論

前代末におこった和歌の美的表現への関心は、この期に入って一層高まった。そこでは、「心（内容）」「詞（表現）」が問い直され、歌合せの場や歌論書で、題材とそのとらえ方、素材の用い方、言い回し、言葉続き、また全体の歌めかしさについての活発な議論が展開された。

「情以新為先、詞以旧可用（こころは新しきを以て先と為し、ことばは旧きを以て用ふべし）」、これは藤原定家が『詠歌大概』冒頭に述べた和歌詠作の要諦である。さらに和歌表現の美は、王朝の文学伝統を基礎に幽玄・有心・余情・妖艶として集約された。これらはやがて文学・芸能・芸道などにも広がり、中世以降の美的観念ともなった。

幽玄：映像や風情がいくつも重なり合って作りだす深遠な境地。❶

有心：題材の風情に一体化してうまれた映像的・情趣的表現。

余情：幽玄・有心の表現が言外に漂わせる情趣。

妖艶：幽玄・有心が作り出す優美、繊細、複雑微妙な表現世界。

藤原俊成とその子定家が後鳥羽院や摂関家の支持をえた中世初頭以降、和歌は俊成・定家の御子左家を中心に展開した。600番歌合せや1500番歌合せなどの大規模な歌合せや歌会が数多く催され、それらは幽玄・有心の歌風を重視した『新古今和歌集』『新勅撰和歌集』に結実した。

御子左家は俊成・定家・為家と続き、歌の家としての地位を確立したが、為家死後は二条、京極、冷泉の三家に分裂した。三家がそれぞれ時の権勢家と結びついて対立し、相互に勅撰集の撰

---

❶ 中世の和歌・連歌・能などを支配した美的理念で、意味内容は時代・人・ジャンルにより変化しているが、藤原俊成は作歌の理想として、優しく高雅な美、しみじみとした深い美、広々とした悠遠な美を幽玄とし、その子定家はこれを「有心」として発展させた。そして近世以後は、「寂」への方向をとって進展した。

者を競った結果、勅撰集が乱発された。南北朝時代には二条派の頓阿、室町時代には冷泉派の今川了俊、正徹が出て活躍したが、家の対立は和歌観の対立に昇華せず、和歌は形式化して衰退していった。

和歌表現への関心の高まりに応じて歌論も発展した。それらは歌合せや歌会で議論されたほか、歌論書としてまとめられ、幽玄を理想とした俊成の『古来風躰抄』、有心を主張した定家の『近代俊歌』『毎月抄』のほか、『後鳥羽院御口伝』、鴨長明の『無名抄』などが出る。

鎌倉末期から南北朝期にかけて活躍した浄弁・頓阿・能与・兼好は和歌四天王と呼ばれた。いずれも二条為世の高弟で僧侶である。兼好は『徒然草』作者で、家集には人のために代作した恋歌もある。『徒然草』は歌人兼好の著作でもあったのである。

3.2 『新古今和歌集』

新古今和歌集は、八番目の勅撰和歌集で、略して『新古今集』とも呼ぶ。20巻、1978首。

建仁元年（1201年）、後鳥羽院宣により、源通具・藤原有家・藤原定家・藤原家隆・藤原雅経・寂蓮が撰進して、元久2年（1205年）に一応の完成を見た。しかし院の指導のもとで引き続き切り継ぎ（改訂）作業が行われ、建保4年（1216年）、都での作業が一旦終了したあと、さらに隠岐の島に配流された院の最晩年まで続いた。このことからも、この歌集が後鳥羽院の意向の強く反映した作品であることがわかる。

『古今和歌集』にならい、巻頭に仮名序（藤原良経）、巻末に真名序（藤原親経）をおく。構成は春・夏・秋・冬・賀・哀傷・離別・羇旅・恋・雑・神祇・釈教の12からなる。

新古今歌風の特徴は、詩精神の高揚と表現の彫琢にある。そこでは、詠まれるべき内容（題材・素材）とその取り上げ方が王朝伝統に習う詩精神に照らして吟味され、表現も、従来の序詞・掛詞・縁語に加えて、句切れの変化、体言止などの技巧、過去の物語や古歌の一部を詠みこむ本歌取り、幻想性やイメージの重層性、余情、余韻の効果を求めて工夫された。新古今歌に見出される物語的、絵画的、音楽的な表現、また幽玄・有心の象徴的な虚構世界は、このような「心」と「詞」の練磨によって生まれたものであった。

『新古今和歌集』は和歌表現の最高到達点を示し、万葉調、古今調と並んで三大歌風の一翼を担っている。その影響は心敬・宗祇の連歌論、世阿弥の能楽論、江戸時代の芭蕉の俳論にいたり、近代では明星派の与謝野晶子や象徴派の詩人などにも及んだ。

4 歌人と和歌

4.1 西行

西行法師（1118~1190年）の本名は佐藤義清（のりきよ）で、秀郷流武家藤原氏の出自である。生命を深く見つめ、花や月をこよなく愛した平安末期から鎌倉初期の大歌人で、『新古今和歌集』には最多の94首が入選している。宮廷を舞台に活躍した歌人でなく、山里の庵の孤独な暮らしの中から歌を詠んだ。

①心なき身にもあはれは知られけり鴫立つ沢の秋の夕暮れ

現代語訳：感動などとは無縁な私にも、情趣は胸に沁みこんでくる…　鴫の飛び立つ、沢の、秋の、夕暮れ。

中国語訳：无心之身却，依然感物哀，秋夕泽畔鹬鸟飞。

②道の辺に清水流るる柳陰しばしとてこそ立ち止まりつれ

現代語訳：道のほとり、清水が流れている柳の木陰に、ほんのちょっとと思って立ちとまったのだが、それなのに長居をしてしまった。

中国語訳：路边清水流，本欲暂歇柳荫下，不意竟长驻。

③願わくは花のもとにて春死なむその如月の望月の頃

現代語訳： 願うなら、二月の満月の花の下で死にたいものだ。

中国語訳：惟愿二月月满时，夜樱之下入寂灭。华枝春满，天心月圆。

④花に染む心のいかで残りけん捨て果ててきと思ふわが身に。

現代語訳： 世を捨てすべてを捨てて来た我が身ではあるが、花に執着する心がどうしても残ってしまうようだ。

中国語訳：身虽出红尘，却仍爱恋樱花美，空亦未尽空。

4.2　慈円

慈円（1155~1225 年）は、平安時代末期から鎌倉時代初期の天台宗の僧、歌人であり、歴史書 『愚管抄』 を記したことで知られる。関白藤原忠通の子で、九条兼実の弟であった。

①散りはてて　花のかげなき木　のもとにたつことやすき夏衣かな

現代語訳： 散り果てて、桜の花の影もない木の下——立ち去ることも気安いなあ、薄い夏衣に着替えた身には。

中国語訳：樱花已落尽，我亦换夏装，轻松离去无牵挂。

②明けばまづ木の葉に袖をくらぶべし夜半の時雨よ夜半の涙よ。

現代語訳： 朝が明けたらまず、散り落ちた紅葉に私の袖の色を比べてみよ。ああ、無情にも降りしきる夜の時雨よ、流れ続ける夜の涙よ。

中国語訳：夜半寒雨伴清泪，明朝衣袖比红叶。

③旅の世にまた旅寝して草まくら夢のうちにも夢をみるかな

現代語訳： この世は仮の宿。いわば人生とは旅をしているようなものだが、そんな旅の世にあって、さらにまた旅寝をして、草を枕にする。そうして、夢の中でまた夢を見るというわけだ。

中国語訳：人生如寄，草枕一梦，梦亦梦中。

4.3 藤原良経

藤原良経（1169~1206年）は日本の公家、政治家で、摂政太政大臣になった歌人である。九条良経ともいわれている。藤原俊成に和歌を師事した。慈円は叔父である。

きりぎりす鳴くや霜夜のさむしろに衣かたしきひとりかも寝む

現代語訳： こおろぎの泣いている、霜の降りる寒々とした夜のむしろに、自分の衣だけを敷いて私は一人で寝るのだろうか。

中国語訳：蟋蟀鸣凄凄，孤枕霜夜席犹冷，独睡我衣上。

4.4 藤原俊成

藤原定家の父で、数多くの歌合の判者を務めた他、後白河院の命により『千載集』を撰進し、後鳥羽院の再興した和歌所の寄人にも加えられ、歌壇の長老の地位を築いた。家集に『長秋詠藻』『俊成家集』、歌論書に『古来風体抄』等がある。

①夕されば野辺の秋風身にしみて鶉なくなり深草のさと

現代語訳： 夕暮れになると野辺を吹き渡ってくる秋風が身にしみて感じられ、心細げに鳴く鶉の声が聞こえてくる。この深草の里では。

中国語訳：野村日已暮，秋风寒沁人，鹌鹑躲进深草丛。

②世の中よ道こそなけれ思ひ入る山の奥にも鹿ぞ鳴くなる

現代語訳： この世の中には、悲しみや辛さを逃れる方法などないものだ。思いつめたあまりに分け入ったこの山の中にさえ、哀しげに鳴く鹿の声が聞こえてくる。

中国語訳：世间无通途，苦思解脱入深山，却闻鹿哀鸣。

③昔思ふ草の庵の夜の雨に涙な添へそ山郭公

現代語訳： 昔の優雅な暮らしを思い出して寂しくしている

この草庵に雨が降っている。山で鳴くほととぎすよ、悲しい鳴き声で、さらに私に涙の雨まで降らそうとさせないでおくれ。

中国語訳：草庵逢夜雨，忆往思今泪涔涔，杜鹃莫再啼。

4.5　藤原定家

藤原俊成の二男で、歌人の寂蓮は従兄、太政大臣の西園寺公経は義弟にあたる。平安時代末期から鎌倉時代初期という激動期を生き、二つの勅撰集、『新古今和歌集』と『新勅撰和歌集』を撰進したほか、宇都宮頼綱に依頼され『小倉百人一首』を撰じた。

①見渡せば花も紅葉もなかりけり浦の苫屋の秋の夕暮れ

現代語訳：見渡すと、そこには、あの　匂う花も、あの紅葉の彩りも、ない…　荒涼たる浦の、苫屋の、秋の、夕暮れ。

中国語訳：放眼望过去，不见红叶不见花，秋夕茅屋浦。

②春の夜の夢の浮橋とだえして峰に別るる横雲の空

現代語訳：春の夜の、浮橋のようなはかなく短い夢から目が覚めたとき、山の峰に吹き付けられた横雲が、左右に別れて明け方の空に流れてゆくことだよ。

中国語訳：春夜梦浮桥，梦醒时分空中那，浮云岭上散。

4.6　式子内親王

式子内親王（1149~1201年）は、萩原朔太郎によると、「彼女の歌の特色は、上に才氣溌剌たる理知を研いて、下に火のやうな情熱を燃焼させ、あらゆる技巧の巧緻を盡して、内に盛りあがる詩情を包んでゐることである。即ち一言にして言へば式子の歌風は、定家の技巧主義に萬葉歌人の情熱を混じた者で、これが本當に正しい意味で言はれる『技巧主義の藝術』である。そしてこの故に彼女の歌は、正に新古今歌風を代表する者と言ふべきである」。

①玉の緒よ絶えなば絶えねながらへば忍ぶることのよわりも

ぞする

現代語訳： 我が命よ、絶えてしまうのなら絶えてしまえ。このまま生き長らえていると、堪え忍ぶ心が弱ってしまうと困るから。

中国語訳：此命绝便绝，长久堪忍已不能，身心将疲弱。

②この世にはわすれぬ春の面影よおぼろ月夜の花のひかりに

現代語訳： この世にある限りは忘れない春の面影よ。朧月夜の花が、ほのかな光に浮かんで——

中国語訳：此生永不忘，月夜朦胧照花明，春日之面影。

③花は散りてその色となくながむればむなしき空に春雨ぞふる

現代語訳： 花は散り果てて、これというあてもなく眺めていると、空虚な空にただ春雨が降っている。

中国語訳：樱花尽已落，花色无处寻，却见虚空降春雨。

④残りゆく有明の月のもる影にほのぼの落つる葉隠れの花

現代語訳： 空に残り続ける有明の月——漏れて来るその光によってほのかに照らされながら落ちてゆく、葉隠れに散り残っていた花よ。

中国語訳：拂晓留残月，叶间漏下朦胧光，映叶隐落花。

5 「幽玄」

中世に成立した『新古今和歌集』は和歌表現の最高到達点を示し、万葉調、古今調と並んで三大歌風の一翼を担っている。『万葉集』『古今集』と違い、『新古今集』における歌人の中で、歌論を書き、そして意識的にそれを実践する人が少なくない。俊成、定家、長明、正徹はみな優れた歌人でありながら和歌理論の提唱者である。それがゆえに、『新古今集』は、和歌の美を意識的に憧れ、求め、実現させる一面がある。「幽玄」は、まさに中世歌人の求める最高の「美」である。

中世和歌の歌論書や判辞の中に、「幽玄」という言葉がよく使われている。「興入幽玄」「義入幽玄」「備極幽玄」など、みな和歌に対する最高の評価である。「幽」は暗澹、深遠、はっきり見えない、「玄」は神秘、暗黒、玄妙という意味であるから、「幽玄」の美は、明るく、明確、明瞭ではなく、暗澹、朦朧、深遠、神秘な美である。中世の歌人たちは、薄雲に遮られる月、霧に立ち込められる紅葉に「幽玄」の姿を見取り、晴れよりも曇り、満開よりも散る時の桜に、「幽玄」の美を発見する。「幽玄」は、無限、幽遠、神秘、はっきり言えない、把握できない美なのであり、中世の和歌を理解するキーワードでもある。

西行法師の「心なき身にも哀れは知られけり鴫立つ沢の秋の夕暮れ」は、藤原俊成に「心幽玄、姿難状」と高く評価された歌である。「秋の夕暮れ」に立つ鴫は、寂しくて朧な姿をしているので、「幽玄」な姿と言える。「哀れは知られけり」は心から「哀れ」を感じられるという意味で、身と心の把握できなさ、はかなさを描き出す。歌人は、鴫が立つその一瞬、限りのある身と心が、無限に存在するものと溶け合うところに、「幽玄」の美を発見するのである。

「夕されば野辺の秋風身にしみて鶉なくなり深草のさと」も「幽玄」美の名作である。寂しい「野辺」、暮れる「夕」に、「秋風」が身に沁み、「鶉なくなり」、ただその鳴き声だけが「深草」の中からほのかに聞こえる。この深遠な寂しさから、無限で把握できない時間や空間、絶え間なく流転する万物、神秘、深遠、幽遠な自然、悠々たる天地を見取り、感じ取り、「幽玄」美を感じられるのである。

この二つの例からもわかるように、幽玄というのは、「我々が審美を体験する瞬間、心がすべての存在と溶け合うことから発する感触」である。また、外部に向けて燃やす生命力を取り戻し、自分の内部を凝視して、「形式を超えて命の内部の神聖美に触れること」である。

それがゆえに、「幽玄」の美に憧れる中世の歌人の中で、「形式を超えて命の内部の神聖美に触れる」ために、世間を捨てて出家する人が少なくない。実は「幽玄」という言葉を愛用するこの時代は、社会思潮のほとんどの方面で、高遠、無限、深意のある物事に強く憧れる傾向がある。俊成、定家、西行、寂連、慈円、長明、兼好、正徹、宗祇など、例をあげれば限りがない。もともと「幽玄」は、仏教説法に使われる言葉である。後秦『宝蔵論』における「顕体幽玄」は、「幽玄」の最初的用例である。ほかにも『金剛般若経疎』における「般若幽玄」などがある。仏教が盛んになった中世の日本で、人々が「幽玄」の美に憧れるのも、想像に難くない。

6 軍記物語

戦乱に明け戦乱に暮れた中世、その戦いの記録として、また戦いに生き戦いに死んでいった兵の物語として語られ詠まれた作品群を、軍記物語（軍記・軍記物）とよぶ。

中世軍記物の先駆的作品として、平安時代の『将門記』『陸奥話記』などの漢文体合戦記があった。軍記物は、それらのもつ記録性を継承しつつ、物語の様式、和歌的抒情表現、和文脈に漢語や漢文語法を取り入れた和漢混淆文などを用いて、新たに生み出された文学様式であった。また、琵琶法師や物語僧によって語られ、聞き手に応じた語り方の変化、話題の増補・省略・差し替えなどによって、一作品にさまざまなバリエーションを生んでいった。死に行く兵の華々しい活躍を、楽の音と声の曲節によって再現する軍記物は、これを直に聞く中世の人々だけでなく、物語がまさに今語っている死者をも聞き手とし、その魂を鎮めるものであった。なお『曽我物語』『義経記』などの、英雄物語的なものも生まれた。そして中世の絵巻、お伽草子や能、近世の浄瑠璃や歌舞伎、読み本、近代の演劇、文学に素材を提供して生き続けた。

軍記物語の代表である『平家物語』は略して『平語』ともいう。語り物としては『平曲』、あるいは単に『平家』とも呼ばれる。ただし、この作品は、琵琶法師によってさまざまに語りかえられ、また書物として読まれた系統の本も、記事の増補・省略・差し替えが繰り返された。その意味で、諸本の一つ一つが個別の『平家物語』として作者と成立事情を持っており、『平家物語』の名はそれらを総称しての呼称でもあった。

巻数は諸本によって異なるが、最も流布した覚一本（琵琶法師覚一検校の手で完成された『平家物語』）は、三巻に灌頂巻を加えた形をとる。またもっとも長大な『源平盛衰記』は48巻を数える。

作者は未詳。鎌倉前期になった三巻ほどの原型本が、6巻、12巻と改訂増補されていったものと見られ、もっとも流布した覚一本が成立したのは応安4年（1371年）のことであった。

さまざまな改訂を得た『平家物語』諸本は、琵琶法師によって語られた「語り本」系統、書物の形で読まれた「読み本」系統に分かれ、それぞれにいろいろのような種類の写本が伝わっている。これらの多様な『平家物語』の存在は、享受と創作が一体化した、中世の文学世界をうかがわせる。

『平家物語』は平家一門の盛衰の歴史を軸に、社会秩序が動揺した激動の時代を、編年体・紀伝体を巧みに配合して、叙事詩風に描いた軍記物語である。対象とする時代は、1132年の平忠盛（清盛のちち）の昇殿から、1198年、その嫡流の六代（清盛の曽孫）が処刑されるまでの60年におよび、なかでも、平清盛太政大臣となり平家一門が栄華を極めた1167年から、檀浦の合戦を経て一門が滅亡する1185年ごろまでの約20年間に集中する。

文体は、和漢混交文をベースとするが、場面や話題に応じて種々の文体を使い分けている。すなわち、合戦場面は口語や擬声語・擬態語を駆使した躍動的で簡潔な文体、女性哀話は王朝物語風の繊細な和文体、歴史記録的な部分は公家日記風の漢文訓読文体となっており、そこに作者の並々ならぬ力量、あるいは享受再生の間の複数の語り手による鍛え上げげを感じさせるものとなっている。

広範な享受を通して、後続の軍記物語はもちろん、連歌、俳諧、中世・近世小説類、謡曲、歌舞伎、浄瑠璃、近代文学などに題材を提供するなど、大きな影響を与えた。

冒頭文： 祇園精舎の鐘の声、所行無常の響あり。娑羅雙樹の花の色、盛者必衰のことはりをあらわす。おごれる人も久しからず、只春の夜の夢のごとし。猛き者も遂にはほろびぬ、偏に風の前の塵に同じ。

中国語訳：祇园精舍的钟声里，能够听到诸行无常的声音。娑罗双树的花色中，能够看到盛者必衰的道理。骄傲之人不能长久，如同春夜的梦幻。勇武之人也会衰弱，如同风前的尘土。

7　説話文学

院政期の 「説話の時代」 を経て、中世にはいっても、説話は大いに語られ書かれ利用された。人々は、説話を作るのを通して生き難い世を生きる道を探り、また生きる道を探っている人々に向けて説話が語られた。

中世説話の主題には 「あわれ」「ふしぎ」「をかし」 がある。「あわれ」 は王朝伝統を規範とする情趣・興趣の世界。「ふしぎ」 は宗教的気瑞や霊験の世界。「をかし」 は滑稽的な現実世界。中世説話は、王朝世界への懐古的姿勢の中で、宗教的超人に熱い眼差しを送り、霊験による救済を期待する一方、現実社会での人の営みを批評する、そのような世界だったのである。

『宇治大納言物語』（散逸）が集め遺した話題を拾い集めた作品の意。もと上下二巻で、近世に出版される時 15 巻とされた。全 197 話。編著者未詳。13 世紀前半ころの成立。

序文には、『宇治大納言物語』の内容について、次のような説明がある：「天竺のこともあり、大唐のこともあり、日本のこともあり。それがうちに、尊きこともあり、をかしきこともあり、恐ろしきこともあり、あわれなることもあり、汚きこともあり。少々は空物語（嘘）もあり、利口なること（巧妙な物言い）もあり、さまざま様々なり。」

このようなさまざまな話題は、たとえば『今昔物語集』と80余話が重複するなど、他の説話集にも見えるものが多い。それらと比較すると、説話を意味つけることが少ない点、つまり、話題を提示して意味つけを読者の読みに任せる、いわば短編物語の形をとっている点に特徴がある。

話題を提示する語り口は巧妙で、和文体を基本に、話題に応じて文体を使い分け、『こぶとり譚』や『腰折れすずめ』などには口頭表現の模倣も見える。また話題相互に関連性を持たせるなどの工夫もある。

評論家の古井由吉は『笑いの細み』においてこう書いたことがある：「わたしは読み返して、あまりに露骨無情になった世俗に気おされたこころの、笑いの細みをかえって感じたのだ。世俗にたいする恐怖や嫌厭に塗り込められてしまっては、物語は成り立たない。それをかろうじて笑いへ支え上げる態のユーモアである。この宇治拾遺物語の中には、短編小説なる名を既に当てたくなるような、その質の話が見受けられる。」

『こぶとり』（現代語訳）：あるところに、頬に大きな瘤（こぶ）のある隣どうしの二人の翁がいた。片方は正直で温厚、もう片方は瘤をからかった子供を殴るなど乱暴で意地悪であった。ある日の晩、正直な翁が夜更けに鬼の宴会に出くわし、踊りを披露すると鬼は大変に感心して酒とご馳走をすすめ、翌晩も来て踊るように命じ、明日来れば返してやると翁の大きな瘤を「すぽん」と傷も残さず取ってしまった。

それを聞いた隣の意地悪な翁が、それなら自分の瘤も取ってもらおうと夜更けにその場所に出かけると、同じように鬼が宴会している。隣の翁は出鱈目で下手な踊りを披露したので鬼は怒ってしまい、「瘤は返す。もう来るな」と言って昨日の翁から取り上げた瘤を意地悪な翁のあいた頬にくっつけると「今日の宴会はもうやめだ」と興ざめして去ってしまった。

それから正直な翁は瘤がなくなって清々したが、意地悪な翁は瘤が二つになり難儀した。

8　草庵文学

中古から中世への移行期、度重なる戦乱を通して政治や文化の秩序が動揺していく中、人々は「無常の世」を強く実感した。「世の無常」は「人間存在の無常」への認識を導き、人々の間に深い不安が広がった。この社会不安に新仏教がおこり、旧仏教各宗派でも改革が進んだ。多くの人々はこれらに救済を求めたが、一方、宗派仏教に身を投ずることなく、俗世を離れ静かな環境にみをおいて、仏の道を求める人々も多く現れた。隠遁者たちがそれである。

隠遁者たちは、寺院に所属せず簡素な草庵を営んで暮らした。世間とのつながりを自ら断った彼らは、そこから世と人のあり様を見、また自らの心を問い続け、その観察と思惟を文字に写しとどめた。これを「草庵の文学」あるいは「隠者の文学」と呼ぶ。西行の『山家集』、随筆では長明『方丈記』、兼好『徒然草』がその代表である。

8.1　『方丈記』

「方丈」は一丈（約3m）四方のことで、長明の住んだ日野の草庵の広さを表す。題は、我が方丈の住居について、程の意。なお、「方丈」は、釈迦在世中の在家帰依者「淨名（维摩）居士」が方丈室で高度な教理を悟った事績に因む。一巻。作者である鴨長明（1155~1216 年）は、京都下鴨神社神官の家柄で、若く父と死別し、神官としては不遇であったが、琵琶と和歌に通じ、千載集（1 首）・新古今集（10 首）に入集した。後鳥羽院に抜擢され、和歌所寄人にもなった。50 歳の時に出家、隠遁した。本作品は建暦 2 年（1212 年）の成立である。

末筆の 『跋』 において、こう書いたことがある： 時に、建暦の二年、弥生のつごもりごろ、桑門の蓮胤、外山の庵にして、これをしるす。

「桑門」 は沙門、「蓮胤」 は長明の法名、「外山」 は日野山の通称。この跋は、本作品が、俗名 「鴨長明」 ではなく、草庵の世捨て人 「蓮胤」 の著述として描かれたことを教える。

8. 1. 1　内容

草庵生活の 「閑居」 の楽しみを歌い上げた書である。ただし、末段では、閑居を求める心に潜む 「執着」 への内省も見出される。動乱の世の無常の現実を前にして、生の充足への願いと存在の不安との葛藤が見られる。本作品は、この両者の間を揺れ動く心を、自己凝視を通して写し取ったものである。内容は以下の五段からなっている：

①「無常観」の提示

②無常なる現実の確認

③自己の半生回顧

④遁世と草庵生活賛

⑤草庵閑居生活への 「執着」 の内省

都の荒廃と自らの閑居とを対比する構成、風流韻事と仏道とが調和した 「閑居の楽しみ」 の謳歌は、慶滋保胤の 『池亭記』 にもある。この意味で 『方丈記』 は、王朝文人の系譜を引き継いだものだが、閑居に安住できずそこに罪を見出してしまうところに、中世の不安を生きた長明の姿がよく示されている。

8.1.2　作品選読

知らず、生れ死ぬる人いづかたより来りて、いづかたへか去る。また知らず、仮の宿り、誰がためにか心を悩まし、何によりてか目を喜ばしむる。その主と栖と無常を争ふさま、いはばあさがほの露の異ならず。或は露落ちて、花残れり。残るといへども、朝日に枯れぬ。或は花しぼみて、露なほ消えず。消えずといへども、夕を待つ事なし。

現代語訳： 生まれては死んでいく人々がどこから来てどこへ去っていくのか。またこれもわからない。この世で仮の宿にすぎないのに、誰のために心を悩ませるのか、何によって目を喜ばせるのか。その、主人のその住居が無常を競い合っている様子は、言ってみれば朝顔の露と変わらない。あるいは露が落ちて花が残ることもあるだろう。残るといっても、朝日とともに枯れてしまう。あるいは花がしぼんで、露がまだ消えないでいることもあるだろう。消えないといっても、夕方まで持つものではない。

中国語訳：

人们出生、然后死去。不知他们是从哪里来，又是往哪里去呢？人生如寄，值得为谁烦恼、为谁欣喜？作为栖居场所的房屋，其主人不停变化，如同朝颜上的露水一样无常。有时露水落时，花朵尚在。但这花朵也会和朝阳一起消逝。有时花朵谢时，露水尚在。但这露水怎么能够坚持到黄昏时分呢？

8.2　『徒然草』

『徒然草』 は序段の冒頭の 「つれづれなるままに、…」 の部分による命名された。二巻。作者である兼好法師（1283～1350年）の俗名は卜部兼好である。卜部氏は、京都吉田神社の神官の家柄であり、始め、後二条天皇の時代に宮中に出仕したが、30歳前後に出家、隠遁生活に入った。二条為世の弟子として頓阿・浄弁・慶雲とともに 「和歌四天王」 と称せられた。

8.2.1　内容

『徒然草』 は、隠遁生活での折々の所感を書きつけた随筆作品である。序段を含む244 段は、おおむね以下の七項目に分類できる。

①無常についての論

②自然・恋愛についての論

③求道についての論

④人間観察の論（心理・本能）

⑤人間の営み（日常生活での態度・行動）についての論

⑥有職・芸能に関する考証や所感。

⑦そのほか（自己称賛や物語的章段、など）

8.2.2　作品選読

命あるものを見るに、人ばかり久しきものはなし。かげろふの夕を待ち、夏の蝉の春秋をしらぬもあるぞかし。つくづくと一年を暮らすほどだにも、こよなうのどけしや。あかず惜しと思はば、千年（ちとせ）を過（すぐ）すとも一夜（ひとよ）の夢の心地こそせめ。すみ果てぬ世に、みにくき姿を待ちえて何かはせん。命長ければ恥多し。長くとも四十（よそじ）に足らぬほどにて死なんこそ、めやすかるべけれ。

現代語訳： 命あるものを見れば、人間ほど長生きするものは無い。かげろうが朝生まれて夕方には死に、夏の蝉が春や秋を知らない例もあるのだ。しみじみ一年を暮らす程度でも、たいそうのんびりした時を過ごせるものであることよ。満足できない、もっともっとと思ったら、千年を過ぎても一夜の夢の心地がするだろう。どうせ永遠には生きられない世の中に、長生きした末に醜い姿を得て、それが何になるだろう。長生きすると恥も多くなる。長くても四十未満で死ぬのが見苦しくないところだ。

中国語訳：

世界上几乎没有和人类寿命一样长的生物。蜉蝣朝生夕死，夏蝉不知春秋。尽管它们活不过一年，却非常自在。贪求寿命的人不妨想想，即使活上一千年，也不过是黄粱一梦。在不能永生的世上长寿，越变越难看，有何意思？长寿多辱，最多活到40岁之前，才不会太难看。

9　鎌倉・室町時代物語

鎌倉時代においては、貴族社会を中心に王朝伝統への懐古的空気が広がる中、物語にも、平安時代の「作り物語」の伝統を受け継ぐ作品が作られた。その多くは、人物像・筋立て・表現にわたって王朝文学の趣向を借りたもので、「擬古物語」と呼ばれる。

その一方、公家・武家・寺社の諸文化の交流が進む中、物語も、他ジャンルとの交渉、享受層の拡大などを経て変化し、やがて室町時代物語（お伽草子）の世界を作り上げていった。その特徴は次の五点である。

①前代までの作品を、新趣向のもとに再生させたこと。

②同時代の芸能や歌謡とかかわり、文学の世界を拡張したこと。

③民間伝承を物語化したこと

④中世的な生活感情や心情に即した描写を基本とし、信仰を喚起し、精神の解放を果たしたこと。

⑤物語に歴史や故実、生活の知恵を盛り込み、知識の提供を図り、当代の人々を啓蒙したこと。

これら室町時代物語は絵をともなう絵巻・絵本として流布し、近世中期以降『お伽草子』と呼ばれた。いわゆるおとぎ話の祖である。

10　連歌・歌謡

中世時代の日本は、地震や火事、戦争や動乱などが次から次へと起こり、人々を脅かし、不安を感じさせる。しかし、ある美学者のいう通り、「いくら恐ろしい世間にいても、人間は、胸を開けて審美的観照に慰安を求められないものはない」。社会が不安定な中世時代は、それだけに、審美的活動が盛んに、レベル高くやられた時代でもある。和歌、物語、書道、絵画など伝統文芸だけでなく、連歌、茶道、華道、能楽など新しい文芸様式も大きく発展させた。

連歌は座の文芸である。座に集う二人以上の作者が、短歌の長句（五七五）と短句（七七）を交互に詠み、共同で作りあげる詩を連歌という。

中世前半、長短百句からなる「百韻連歌」の様式が整い、後半期には文芸として開花した。同期に完成を見た能同様、はじめ遊戯的な即興詩（無心）であったものが、やがて様式を整え、幽玄・優美など和歌世界の美的観念を取り入れ、有心連歌として文芸化したものである。また能に対する狂言と同じく、本来の娯楽性を求めて俳諧連歌❶もおこり、近世の連句へと展開した。

民間芸能が公家・武士・宗教の各世界に浸透していく中、歌謡も、中世の社会に広く行われた。この期の歌謡には、「謡い物」「語り物」がある。詞章に曲節をつけて謡う「謡い物」には、前代の今様に和歌的修辞技法をこらして古典趣味化した宴曲（早歌）、民衆の恋愛や生活感情を吐露した小歌が流行した。

筋のある物語に曲節をつけ楽器に合わせて語る「語り物」

---

❶　俳諧は滑稽、戯れなど意味がある。俳諧連歌は、室町末期、山崎宗鑑らがはじめた滑稽趣味の連歌である。

は、『平家物語』を語る平曲、軍記物に取材した幸若舞、宗教的話題を語る説教節、また浄瑠璃節などが行われ、中世歌謡を特色つけている。

11 能・狂言

平安後期、京を舞台に、物まねや座興の滑稽な動作を内容とする「猿楽」、農業祭事の歌舞であった「田楽」が流行した。このような芸能座は、鎌倉時代を通じて地方にも広がり、各地の寺社の法会・祭礼に奉仕する座が生まれた。そして、座それぞれが芸風に特色を持つようになるとともに、全般にドラマ（能）性が加わって「猿楽」「田楽」は、「猿楽能」「田楽能」に成長した。

やがて、南北朝の内乱を経て室町時代に入ると、大和猿楽の結崎座から観阿弥清次（1333~1384年）が出、近江猿楽の幽玄性や田楽の歌舞的要素を取り入れて、物まねとセリフによる劇的趣向を中心としていた大和猿楽を改革した。さらに観阿弥の子世阿弥元清（1363~1443年）は、現実性に重きを置いた現在能から、抒情性のうちに人間の情念を表現する複式夢幻能への脱皮を果たし、象徴的な舞台芸術「能」を完成させた。

能と能との間に上演される滑稽劇を「狂言」という。セリフを中心とした寸劇で、「能」の上品で象徴的・求心的な芸術美に対し、庶民的で、現実的・解放的な笑いを主題とする。それは、物まねを中心とした滑稽さをねらった「猿楽能」の娯楽性を引き継ぐものであった。

能の大成者世阿弥は、多くの演劇論を著した。『風姿花伝』のほかに、『花鏡』『至花道』などがある。その能楽論は後世の諸芸道論・教育論に影響を与えた。

第四章　近世における文学

1　社会と文化

1603年江戸幕府創設から1867年大政奉還までの約270年間を、日本文学史の時代区分で「近世」と呼ぶ。武士階級が公家・寺社などの勢力を統制支配し、また、一揆の温床を絶つ兵農分離政策としての士・農・工・商の身分制がとられ、さらに、幕藩体制（武士層を家臣団として統率した大名諸藩を幕府のもとに結集する統治形態）が成立して、封建的な社会秩序が整えられた時代である。こうして前代までの戦乱の世が去り、商業活動も活発化すると、藩政の中心である城下町、全国的な流通拠点である京都・大阪・江戸は、人・物・文化の集積地として都市化し、泰平の世に武士と町人を中心とした大衆社会が形作られていった。

近世の文化は、中世の遺風を残し経済的にも上方（京都・大阪）に中心があった前期と、武士・庶民の流入が進み百万人を超える都市に育った江戸に中心が移る後期に二分される。

1.1　近世前期

幕府は当初、社会秩序の回復を最重要課題とし、軍事力を背景に中央集権化を目指す武断的な政治を行った。しかし、これが社会不安を招き、平和な時代に対応した新しい政治理念が求められると、四代将軍家綱以降、儒教（朱子学）的世界観を理想とする文治政治へと転換した。これは儒教学の振興を促し、近世を底流する思潮を形作って、時代の社会観や人間観に影響を与えた。

一方、参勤交代による陸上交通路の整備、1671、1672年ころの海路の開発などにより流通経済が活発化すると、上方はその拠点として繁栄し、富を蓄えた商人を中心に町人階級が台頭した。彼らの享楽的な世界観は、前代の仏教的な世界観を駆逐し、「憂き世」を「浮世」へと変え、自由で開放的な元禄文化を開花させた。

1.2 近世後期

流通経済が進展し、貨幣経済が農村にも浸透すると、年貢に頼る武士財政は窮乏した。幕府は、享保の改革を行うなどして体制の引き締めを図ったが、このような施策を通して幕政の中心である江戸の政治・経済上に果たす役割も増大した。それに応じた人口流入は江戸を一大消費地に育て、商業活動の活発化を導き、文化の中心もやがて江戸へと移った。都市の肥大化が都市遊民を生み、度重なる引き締め政策への反動もあって享楽的な気分が醸成されると、19世紀に入って間もなくの化政期には、江戸都市民を中心とした退廃的な文化が生み出された。

19世紀前半、武士の窮乏がさらに深刻化し、重税にあえぐ農民の離農、一揆化が相次ぐ中、幕藩体制が無力化していった。また思想面でも、朱子学を批判する国学や洋学が活発化し、特に国学は神道と結んで尊王思想を興し、反幕運動に思想的基盤を与えた。そして開国を求める欧米列強の外圧への反発が生んだ攘夷運動が、幕府の開国受諾を契機に反幕運動と結ぶと、尊王思想の基に、全国的に討幕維新の動きが広がっていった。

2 文学概観

近世の文学は、前代以来の和歌・漢詩といった伝統的文芸を中心とする雅文学と、近世期に人情（人間の自然な心の動き）の表現を目指して文学性を高めた新興文学に分かれる。前者は思想性が強く、後者は娯楽性が強い。また前者は国学者・漢学者が主としてにない、後者は身分制度から離脱し、高等遊民化した作家が町人層またそれに近い武士階級を受容者として行われた。折からの出版文化の隆盛に乗じて両者ともに版本の形で流布したが、それは読者の範囲を拡大し、近世の人々の教養を高める一方、文学の大衆化を促すことにもなった。

2.1　雅文学

元禄期、人情への関心が高まる中、儒学の世界でも人情と儒教との関係をとらえなおす試みが行われた。そのうち、古文辞派の荻生徂徠は『風雅論』で、聖人の道に至る方法として、人情を表現した文学の実作を説き、さらに作品は古文に習って言葉を正しく美しく用い風雅の境位を保つべきだとした。徂徠のこの主張によって、近世漢詩文は、儒教臭を脱して文学性豊かな表現世界を目指すこととなった。徂徠の『風雅論』は国学の賀茂眞淵にも影響を与え、和歌の世界でも人情と風雅の表現が尊重された。

2.2　俗文学

近世前期、町人は経済的実力を蓄え、その富を背景に享楽的な文化を形作っていったが、そこでは人間の心や欲望の自然な発見が肯定された。俗文学は、そうした俗世界にある人情の発見に人間の真実を見、その機微を表現しようとするところに生まれた。主なジャンルは次の通り：

①俳諧：俳諧は前代の俳諧連歌を受け、近世に入って貞門・談林の両派がそれぞれ一世を風靡したが、松尾芭蕉はそれらに飽き足らず、風雅と俳諧の俗との融和した句境を目指して蕉風を起こした。のち天明期には蕉風の復興を目指す与謝蕪村が、化政期には弱者に温かいまなざしを送る小林一茶もあらわれた。

②近世小説：近世小説は、室町時代物語の主題を受け継いだ

仮名草子の後、西鶴の浮世草子が出て人情の表現に道を開いた。のち八文字屋本以下、滑稽味や風刺性を加味しながら、読み本系、談義本系（洒落本・滑稽本・人情本）、双紙本系（黄表紙・合巻）への展開を見せた。

③浄瑠璃： 浄瑠璃は中世末の浄瑠璃節をもととし、叙事、霊験怪異を主としたものであったが、近松門左衛門はこれを人情の葛藤を描くものとして演劇化した。

④歌舞伎： 歌舞伎は近世初頭の歌舞伎踊から生まれたもので、元禄期、役者の容色を見せるものから演技・筋立てを本領とする歌舞伎狂言へと展開した。浄瑠璃・歌舞伎の演目には時代物・世話物があるが、いずれも当代性のある人情の機微を描き出して観客の共感をさそった。

⑤狂歌・川柳： 狂歌・川柳はともに軽妙洒脱な軽口に滑稽と風刺と哀感をひそませたもの。それらは人情の機微を穿ち引き出す表現として、独自の表現を成立させた。

2.3 上方文学・江戸文学

これらの近世文学は、18 世紀中葉を境に、上方（京都・大阪）を中心とした前期、江戸を中心とした後期に分かれる。それぞれのジャンルは前後期を通じて作品を生み、両期間で性格が大きく変化するわけではないが、貞門・談林の俳諧、仮名草子・浮世草子・前期読み本・歌舞伎・浄瑠璃・狂歌は前期に上方の趣味（「粋」❶）を反映してうまれ、黄表紙・談義本系小説・後期読み本・川柳などは後期に江戸の装い（ 「意気」 ）をまとって登場した。

---

❶ 世間や人情、花柳界や芸人社会の事情に通じ、物分かりよく洗練されているさま。江戸後期の「意気」と同じぐらいな意味内容であるが、後者が淡泊で控え目なものであったのに対し、はたくましく豪華な美的理念であった。

3　俳諧

中世後期、有心連歌に対立した俳諧連歌は、近世になって連歌をしのぐ流行を見た。俳諧連歌を連歌と区別して「連句」と呼ぶが、この連句、連句から独立して詠まれた発句（俳句）、また俳諧味のある文章（俳文）や俳諧論（俳論）などを総称して、「俳諧」という。

俳諧とは、元来「滑稽」の意で、王朝文学伝統に基づく美的表現に対して、現実世界の日常的感覚を基礎に、パロディや言葉遊びに人間的真実を衝く笑いをしかけた表現をいう。その展開は、次の五期にわたる。

（1）貞門—貞徳

近世初期、松永貞徳は、様式を整えて俳諧を連歌から独立させ、貞門派を確立した。秀句選『犬子集』や式目『俳諧御傘』が代表的著作である。俗語や掛け言葉などの技巧を自在に使う俳風が特徴で、北村季吟ら多くの門人を集めた。

（2）談林—宗因

貞門俳諧を批判し、新風を吹きこんだのが、寛文（1661～1673年）末頃から登場する西山宗因を中心とした談林派である。俳諧を伝統的束縛から解放し、漢語や俗語などを使った自由・清新な作風で、庶民的生活をいきいきと歌いあげた。特に、延宝3年（1675年）、江戸での『談林十百韻』の成功は、談林俳諧を急激に日本全国に広めた。

さらに門人に井原西鶴が出、一昼夜23500句を詠んだ大矢数を残す。が、矢数俳諧の流行とともに、談林は遊戯・放埓な詠みぶりに堕していった。

（3）蕉門—芭蕉

芭蕉は、貞門、談林の俳諧に身を置いた経験をもとに、その限界を乗り越えて、風雅の情調を通俗性のうちに表現する境地を開いた。芭蕉の俳風は蕉風と呼ばれ、彼を中心とする一派を蕉門という。「蕉門十哲」をはじめ多くの俳人たちがあつまり、当時の俳壇を風靡したが、芭蕉の死後は分裂し、その俳風も俗化した。

（4）天明調—蕪村

俳諧の俗化は長く続くが、天明期（1781~1789年）になると、蕉風復興の動きが活発になり（天明中興）、炭太祇・与謝蕪村らが清新で叙情的な俳風を示した。また横井也有は軽妙洒脱な俳文集『鶉衣』を著した。

（5）文化・文政—一茶

天明中興のあと、俳諧は再び遊戯化し、俗化していったが、その中で、化政期（1804~1830年）に現れた小林一茶は、生活に根ざした感興を方言や俗語を使って率直に表現し、句文集『おらが春』を残した。しかし、大衆化した俳諧は、時代が下るにつれて、ますます陳腐な月並み調になり、以後、明治の正岡子規による革新まで低迷期が続いた。

4 松尾芭蕉

松尾芭蕉（1644~1694年）の俳風の展開は次の四期に区切られる。

（1）貞門・談林期

芭蕉は、若き日を士大将家の嫡男藤堂良忠に仕えて過ごした。良忠が亡くなると、芭蕉はひそかに伊賀を離れて京都に出、季吟の門に出入りした。29歳の時、江戸に下って、談林調の俳諧に精進した。

（2）蕉風胎動期

延宝8年（1680年）冬、芭蕉は隠者として暮らしを始め、失意窮乏の生活のうちにある清貧の美「詫び」を発見して句境の一大転機を迎えた。

（3）蕉風確立期

貞享元年（1684年）、芭蕉は「野ざらし紀行」の旅に出る。そして旅の体験を通して得た「詫びつくしたる詫び人」の風雅に徹する詩情、すなわち風狂の詩体を示した。その後も芭蕉は、『鹿島紀行』『笈の小文』『更科紀行』『奥の細道』の旅を次々と重ね、蕉風を深化させていく。なかでも、元禄2年（1689年）の「奥の細道」の旅の中から「不易流行」の思想が形成された。

（4）蕉風完成期

芭蕉は、そのあと、素直な具体描写を志向した「軽み」と「さび」「しおり」「細み」とが融合した句境を開き、さらに元禄4年（1691年）、高度な「軽み」の理念を提唱し、平明な用語と日常的な素材も用いて通俗性のうちに風雅の情調を表現する境地を開いた。その代表選集に『炭俵』『続猿蓑』がある。

4.1　代表的俳句❶

①古池や蛙飛び込む水の音。

中国語訳：春日古池塘，青蛙入水留清响。

②川船や良い茶良い酒良い月夜。

中国語訳：舟行此川上，好茶好酒好月夜。

③秋深き隣は何をする人ぞ。

中国語訳：秋深感寂寥，邻居正在干嘛呢？

④くたびれて宿かるころや藤の花。

中国語訳：疲惫欲投宿，却见紫藤静静开。

⑤梅が香にのつと日の出る山路哉。

中国語訳：红日初升时，梅花香满此山路。

⑥春雨や蜂の巣つたふ屋根の漏り。

中国語訳：漏屋逢春雨，雨水沿着蜂巢滴。

---

❶　俳句は俳諧の発句すなわち第一句である。

⑦草の戸も住み替はる代ぞ雛の家。
中国語訳：草屋逢新主，偶人装点桃花节。
⑧行く春や鳥啼き魚の目は泪。
中国語訳：惜春匆匆逝，鱼目流泪鸟哀啼。
⑨夏草や兵どもが夢の跡。
中国語訳：夏草青青处，作古士兵魂梦留。
⑩あらたふと青葉若葉の日の光。
中国語訳：灿灿阳光下，新叶闪闪绿意浓。
⑪閑さや岩にしみ入る蝉の声。
中国語訳：寂静深山里，蝉声响亮欲穿石。
⑫五月雨をあつめて早し最上川。
中国語訳：最上川湍急，仿佛梅雨齐聚此。
⑬荒海や佐渡によこたふ天の河。
中国語訳：银河跨怒海，唏嘘对面佐渡岛。
⑭むざんやな甲の下のきりぎりす。
中国語訳：蟋蟀战甲下，闻之心中感悲悯。

4.2　創作理念

芭蕉の俳風、いわゆる蕉風は「風雅の誠」「不易流行」を絶えず追求するのが特徴である。不易は不変、流行は変化で、「風雅の誠」を問い続けて新しさを求め続ける流行性こそが、俳諧の永遠不変の価値を実現するという考えである。芭蕉の創作理念には、「侘び」、「寂び」、「しをり」、「細み」、「軽み」というキーワードがある。「侘び」というのは、失意・落胆・困惑の生活の中で「風雅の誠」に徹するところにもたらされる清貧の境地である。「寂び」は、蕉風俳諧の本質的理念であり、閑寂な観照態度から生まれる幽玄・枯淡な美的情調を指す。「しおり」は、対象に対する作者のしみじみとした哀憐の心が、自然に句の余情として現れるさまである。「細み」は、感情のこまやかさをもって対象のなかに深く入り込もうとする心の働かせ方、またそのような表現である。「軽み」は、古く凝った表現を避けて、平明な用語と日常的な素材を用い、平明な通俗性のうちに風雅の情調を表現する境地である。

5 「寂」

日本語の「寂」は、もともと静か、しめやか、静寂、孤独、寂寥、暗澹、古びた、錆びたなどマイナス的指向の物事、情緒を意味するが、長い文芸の歴史に洗練されて、徐々に日本的美意識へと移り変わった。利休の茶道、雪舟の絵画を彩った「寂」は芭蕉によって俳諧に取り入れられ、近世の俳諧を滑稽、低俗な言語遊戯からすぐれた芸術詩、自然詩へと高く位置づけることに役立った。「寂」はその後日本文学の基本的理念になった。

「寂」は第一に、静寂という意味がある。人は静寂でいる時、しばらく音声や言語の絶え間ないからくりから脱することができ、自由、淡泊、閑寂でいられる。「孰能濁以静之徐清」の言う通り、「濁」は「静」をもって「清」になることができる。芭蕉の「古池や蛙飛び込む水の音」「寂かさや岩に沁み入る蝉の声」「楽しさや青田に涼む水の音」「西か東かまづ早苗にも風の音」などは、みな「寂」の静寂美を感じさせる秀句である。

「寂」は第二に、さびれる、古びた、錆びた、暗澹、朦朧という意味がある。『芭蕉俳句全集』の中で、「雨」という語彙が出るものは69句、「夕暮れ」が出るものは28句もあるのに対して、「晴れ」が出るものは3句だけある。これは芭蕉の、晴れより夕暮れや雨など陰翳のほうに美を見取る審美的傾向を証明する。

「寂」の視覚では、新しい茶碗、器、家具よりも欠けた、錆びた、古びた茶碗、器、家具のほうが、晴れた日よりも「ほのかに白し」夕暮れ、曇りや雨のほうがより一層美感がある。その審美的仕掛けは三つの面から説明することができる。第一に、陰翳、朦朧、暗澹な環境は明るい環境より心を沈静させ、諦観させることができる。第二に、質素、天然、古びた、錆びた、破れた物は、若いもの、柔らかいもの、多彩なもの、優美繊細なものの背景になって、後者の色や艶を一層映し出す働きがある。第三に、前人の定義する美や不美、雅や俗の枠から脱して、物事の本意へ帰ることによって、美を体験するのである。

和歌における「露」は「涙」の隠語で哀れな意味があるが、芭蕉の「朝露によごれて涼し瓜の土」「一露もこぼさぬ菊の氷かな」「寒からぬ露や牡丹の花の蜜」における「露」は本来の「露」の意味に帰り、哀れや涙の意味づけはない。和歌における「雨」は往々にして哀愁、憂鬱などマイナス的情緒を表すが、芭蕉の「不精さや抱き起こされる春の雨」「五月雨を集めて早し最上川」「作りなす庭をいさむる時雨かな」などは、哀愁や憂鬱の雰囲気がなく、「雨」という語彙は「雨」そのものを意味する。「松のことは松に、竹のことは竹に師事する」と言う通り、芭蕉は語彙の本意に帰ることによって、昔以来の和歌の美的枠を超え、「物の哀れ」や「幽玄」とは違う「寂」の美を醸し出すのである。

静寂、寂寥、衰頽、朦朧、暗澹、錆びた、古びたという意味がある寂は、もともとマイナス的で美を感じさせることができないが、審美力によってもっと高いレベル、深い意味で人は「寂」の美を見取ることができる。これはすなわち大西克礼のいう「美的超克」である。日本的精神生活で「寂」を大切にするのは、欠陥、不完全、不足などマイナスを自覚し、認め、受け入れる訓練でもある（九鬼周造による）。この訓練によって、人間はまことの自分を受け入れ、素直になれ、よりよく生活することができる。これは、芭蕉のいう「わが風雅夏炉冬扇」の用である。

6　与謝蕪村

与謝蕪村（1716~1783年）の本姓は谷口であり、俳人でありながら画家でもある。若くして俳諧を志し、江戸に出て蕉門十哲の一人榎本其角の弟子、早野派巴人を師とした。巴人なきあと、奥州行脚を経て京都に定住した。画業に専念し、南宋画とその画論を学んで文人画への志向を強め、後、再び俳諧におもむき、いわゆる蕪村調を確立した。蕪村調の特徴は、写実性・古典趣味・低徊（俗を離れ詩的風雅に遊ぶ）趣味・怪異趣味・浪漫性である。芭蕉の死後に多様化した俳諧に対して、蕉風に依るべきだと主張し、天明期の俳諧の中心となった。

6.1 『夜半楽』

安永6年（1777年）刊。二冊。帰郷する娘に仮託して望郷の思いを述べた 『春風馬堤曲』 などには、漢詩が取り入れられ、いかにも文人らしい発想の作となっている。

6.2 『新花摘』

安永6年（1777年）の成り立ちで俳諧句文集である。前半に亡き母追善のために作った句を入れ、後半には放浪時代を回顧した随筆風の俳諧・俳文を収める。

6.3 代表的俳句

①菜の花や月は東に日は西に

中国語訳：日西月东升，菜花金黄共此时。

②春の海ひねもすのたりのたりかな

中国語訳：春日海荡漾，拨拉拨拉一整天。

③釣鐘にとまりてねむる胡蝶かな

中国語訳：只见吊钟上，一只蝴蝶睡觉了。

④白梅に明くる夜ばかりとなりにけり
中国語訳：白梅泛亮光，黑夜转瞬迎曙光。
⑤愁ひつつ岡にのぼれば花いばら
中国語訳：心忧上山岗，却见蔷薇遍地开。
⑥牡丹散つてうちかさなりぬ二三片
中国語訳：牡丹凋谢时，不成伞状两三片。
⑦涼しさや鐘をはなるるかねの声
中国語訳：钟声离此钟，一声一声生凉意。
⑧夕風や水青鷺の脛をうつ
中国語訳：黄昏凉风至，青鹭立水水过胫。
⑨朝顔や一輪深き淵のいろ
中国語訳：朝颜花正开，一朵蓝似深潭色。
⑩月天心貧しき町を通りけり
中国語訳：天心挂月过贫町。

7　小林一茶

小林一茶（1763~1827年）の本名は弥太郎である。農民の子として生まれ、幼くして生母と死別した。その後、継母や異母兄弟と合わず江戸に出た。父の没後、ふるさとに定住した。晩年に結婚したが、妻子を次々と失うなど、不幸なことが相次いだ。一茶の俳諧は、こうした不幸な体験を背景とした、庶民の生活感情への理解と、これに向ける温かいまなざしを特徴とする。

化政期俳諧の趣味的な情調表現への反発から季語を軽視し、方言や俗語を用いた生活実感の表現を目指す作風は、そこからもたらされるとぼけた味わいとともに、本来の俳諧性を奪回したものといえる。

7.1　『おらが春』

文政2年（1819年）に身辺事件や感想を日記体で記した句文

集。「目出度さもちう位なりおらが春」という句には彼の複雑な心境や生活の意識が感じられる。

7.2 『父の終焉日記』

享和元年（1801年）病床の父を亡くなるまでの一ヶ月ほど看病した時のことを記した日記。父への思いと継母・異母兄弟への思いが描かれている。付載される「おひたちの記」は一茶の経歴を伝える資料として貴重される。

7.3 代表的俳句

①春めくややぶありて雪ありて雪

中国語訳：竹林有残雪，雪上却映春意浓。

②雪とけて村いっぱいの子どもかな

中国語訳：积雪已消融，满满一村孩童闹。

③悠然として山を見る蛙かな

中国語訳：青蛙颇悠然，似在静静把山望。

④梅が香やどなたが来ても欠け茶碗

中国語訳：梅花香飘飘，待客只有破茶碗。

⑤われと来て遊べや親のない雀

中国語訳：和我来玩吧，没有亲人的孤雀。

⑥やせ蛙まけるな一茶これにあり

中国語訳：瘦蛙莫怯阵，一茶在此声援你。

⑦昼顔やぽつぽと燃える石ころへ

中国語訳：朝颜正爬蔓，熊熊燃烧岩浆旁。

⑧涼風の曲がりくねつて来たりけり

中国語訳：长风穿堂过，弯弯绕绕送凉来。

⑨ふるさとや寄るもさはるも茨の花

中国語訳：回到故乡来，碰到摸到都是刺。

⑩大蛍ゆらりゆらりと通りけり

中国語訳：大只萤火虫，慢慢悠悠飞过去。

⑪大の字に寝て涼しさよ寂しさよ

中国語訳：躺成大字形，多么凉快又寂静。

⑫露の世は露の世ながらさりながら

中国語訳：人世无常如露水，只无可奈何。

⑬これがまあ終の栖か雪五尺

中国語訳：积雪高五尺，莫非将在此终老？

⑭づぶ濡れの大名を見る炬燵かな

中国語訳：我在暖炉边，看那侯爷雨中行。

⑮家ありてまた家ありて夏木立

中国語訳：阴阴夏木藏人家，一家复一家。

⑯たまに来た故郷の月は曇りけり

中国語訳：久未回故乡，回乡只见月迷蒙。

8　近世の小説

8.1　作家の誕生

近世は、出版文化の盛行を背景に、文学作品が印刷物によって読まれた時代である。この時代、語り手が話題を語る物語の形式から離れ、さまざまな虚構の趣向によって作られた、いわゆる小説類も、この出版文化隆盛の波に乗って、めまぐるしい展開を遂げた。

出版流通の世界に於いては、読者の好尚にかなう作品が増刷される。増刷は流行を生み、作り手はその動向に応じ、あるいは本屋の意向を受けて、創作に励むことになる。近世小説は、こうした読者の好尚と時代世相、流行を反映する形で生み出された。そして、近世の作者たちは、このような出版文化の繁栄に乗じて事業化していったが、その一方では、新たな趣向によって流行を作り出したり、作品に人と社会への洞察を潜ませるなど、小説の可能性を様々に試みた。それは作家の誕生とも呼べるもので、近世の小説は、この出版文化と作家精神、さらにはその批評性や風俗性を抑正しようとした幕府、これら三者のせめぎ合いのうちに展開したのである。

8.2　近世小説の展開

（1）仮名草子

近世初頭、前代のお伽草子の流れをくむ仮名草子が、教養や娯楽の読み物として上方で出版され、流行した。

（2）浮世草子

続いて西鶴が、俳諧趣味を生かした語り口と人情への深い観察に基づいて浮世草子を作り出すと、元禄期（1688~1703年）小説の主流となった。そして俳人による模倣作品が多く生まれ、長編化の試みも行われた。

（3）八文字屋本

浮世草子が次第に低迷していく中、京の本屋、八文字屋の代表作家として出発した江島其蹟は、享保期（1716~1735年）に、西鶴作品より娯楽化した作品を出して好評を得た。世の人々の気質を職業・性別・年齢などで滑稽に描き分けた「気質物」、演劇の手法や題材をとって作った歴史小説「時代物」があり、これを本屋の名をとって「八文字屋本」と呼ぶ。

（4）前期読本

八文字屋本のマンネリ化を受け、宝暦から天明にかけて、前期読本が多くの読者を獲得した。当時の知識人を魅了した『三国志演義』などの中国の口語体文学（白話小説）に材を得て作られたもので、建部綾足・上田秋成らは、自らの人生観や歴史観をも投影して、小説としての表現性を高めた。

（5）談義本

上方で前期読本が人気を博したころ、江戸では、講釈や対談の語り口で世相を評する談義本が、知識人の心をとらえた。論評の方法としての知的な「うがち」は、以後の洒落本・滑稽本・

黄表紙に受け継がれ、戯作の道を開いていった。平賀源内と風来山人がその代表である。

（6）洒落本

政治経済文化都市としての江戸の成長を背景に、出版界も江戸に中心を移していった明和のころ、談義本に娯楽性を加え、舞台を遊里にした洒落本が流行した。「はぐらかし」「茶かし」による「洒落のめし」が特徴で、大田南畝ら知識人の戯作として作られ、山東京伝らに受け継がれた。

（7）黄表紙

17世紀後半上方で生まれた子供向けの草双紙（絵本）は江戸でも行われたが、安永4年（1775年）、談義本の手法で世相風刺を盛り込んだ恋川春町の『金々先生栄花夢』が出ると、知識層の読み物となり、山東京伝らが活躍した。

（8）後期の戯作文学

寛政期（1789~1800年）の風俗取締政策の強化にともない、洒落本・黄表紙が後退し、化政期（1804~1829年）以降、前期戯作の知的批評性を失って大衆的な娯楽に奉仕する小説が流行した。すなわち、滝沢馬琴らの後期読本、洒落本からでて笑いをひたすらとした滑稽本、男女の情愛を描く人情本、黄表紙の社会性を捨てて怪奇・仇討・お家騒動を話題とする絵本と化した合巻がそれで、これらはやがて明治初期の戯作へと展開していった。

9　井原西鶴

本名は平山藤五。大阪の裕福な町人の家に生まれたが、早く父母と死別した。祖父から継いだ家業を若くして手代に譲り、談林俳諧の旗手として大阪で活躍し、のちその軽口・狂句の俳諧味を活かした転合書（いたずら書）『好色一代男』が世の評判となると、浮世草子作家に転じて元禄の世の売れっ子戯作者となった。諸作品には、運命に揺り返される人間、善悪両界を行きつ戻りつする男女、金と欲をめぐって悲喜こもごもの町人たちが、話芸的な語り口で描かれる。近世の浮世を生きる人々の「哀れにも又おかし」き現実を見つめ、それを俳諧の手法で再構成するところに、西鶴の文学は成立したのである。

（1）『好色一代男』

富豪と遊女との間に生まれた世之介が、7 歳にして恋情を解し、湯女・遊女・人妻などと次々に交渉を続け、60 歳の時、女護島を目指して行方知れずになるという話。54 年間を54 章に分ける形式は『源氏物語』を意識したもの。浮世草子の祖となった画期的な作品。

（2）『好色五人女』

当時の話題となった、お夏清十郎・樽屋おせん・おさん茂右衛門・八百屋お七・おまん源五兵衛の実話をもとに仕上げた作品。

（3）『好色一代女』

ある老尼が二人の青年に自分の好色な人生を回想して語るという形式の作品。かつては若く美しい太夫であった女だが、生活苦と性欲に責められ、身を落としていくという悲惨な女の生涯を描く。

（4）『武道伝来記』

32 話。全国各地の仇討の話を集め、武士道における復讐の美を描く。

（5）武家義理物語

27 話。理想的な武士の姿を描き、町人の視点から現実の武士の悲しさやむなしさを浮き彫りにする。

（6）『日本永代蔵』

諸国の商人を中心として、大みそかを無事に越すための金銭のやりくりの苦労を描いた20 編からなる。町人の悲喜こもごもの知恵・才覚の表裏を描く。

（7）『西鶴諸国ばなし』

諸国の興味深い話を集め、それを西鶴が自分なりに再構成した35編の短編集である。西鶴の作品の原点になる要素を多く含む。

（8）『本朝二十不孝』

世に知られていた中国の親孝行者（二四孝）の説話を響かせ、その逆の、日本の不孝や不徳の話を一九話語ったもの。最後の一話だけは親孝行である。

10　上田秋成・滝沢馬琴

10.1　上田秋成

秋成は雅名であり、本名は東作である。俳号は初め漁焉、後に無腸。病弱で、激しやすく、放蕩三昧の青年期を送った。20歳代に俳諧に親しみ（蕪村と交渉）、後、国学・中国白話小説・和歌・医学などを学んだ。その学識をもって知的自由人として幅広く活躍し、直情的な性格から芭蕉及び蕉門を批判したり、本居宣長と古代精神や国語音韻などについて論争するなどした。文業のうちもっとも評価の高いのは小説（読本）で、豊富な読書量を背景に、さまざまな文体、語彙、題材を駆使して、政治・道徳・愛情・幸福など人間と社会にかかわるテーマを取り上げた。代表作は『雨月物語』『春雨物語』　。『雨月物語』　は五巻五冊、九編からなっている。中国や日本の古典を題材に、現実と非現実との境界を描いた怪異短編集であり、前期読み本の代表傑作である。『春雨物語』　は十編で、未刊行。藤原薬子や紀貫之など歴史上の人物の話題に、秋成の思想を溶かしこんだ短編怪異小説集である。

10.2　滝沢馬琴

幼名は倉蔵、本名は興邦、雅号は曲亭馬琴である。江戸深川の下級武士の五男として生まれる。俳諧に親しんだ後、戯作者を志して山東京伝に入門して、『水滸伝』など中国演義小説にならう雄大な構想の作品を作り上げて、後期読み本の中心となった。作品には、演劇などに取材した怪異物や男女の情話物、歴史の内実を描く『椿説弓張月』『南総里見八犬伝』などの史伝物がある。儒教や仏教の倫理に立つ勧善懲悪の姿勢が顕著で、それが作品の構成美を整える一方、善悪の挟間に生きる人間への視界を閉ざしているとの評価もある。

『椿説弓張月』は28巻29冊。源為朝を主人公に、史実に沿いながらも虚構を大幅に取り入れた小説である。

『南総里見八犬伝』は98巻106冊。運命で結ばれた八人の剣士が、苦難を乗り越えて出会い、里見家を救う長編小説である。仁・義・礼・智・忠・信・孝・悌の八つの徳目を象徴する八犬士が、運命の糸に操られながら、里見家の家臣となり、外敵を防いで功名を坂東に轟かしていく。馬琴自身が「我を知る者はそれ八犬伝か」というほど、精魂を傾けた作品であったらしい。

11　怪異小説・絵巻

近世期には怪異小説・絵巻が多く作られた。これらは前代までと比較して、仏教思想や無常観に結びついていない点に特色がある。怪異は、人知の及ばぬ世界への畏怖の表現ではなく、恐怖感覚への興味や好奇心をみたす近世都市民の娯楽の対象となったのである。それらははじめ、小説や随筆の形で製作されたが、後期には演劇・落語や絵画の題材にも取られ、視覚・聴覚など感覚に訴えるものが多くなっていった。

怪異をテーマとした作家をジャンル毎に挙げると次のようになる。

①小説・随筆：浅井了意・上田秋成

②絵巻・浮世絵：鳥山石燕・歌川国芳

③演劇： 竹田出雲・鶴屋南北

④落語： 三遊亭円朝

小説・随筆類の怪異物は、最初、中国の短編小説『剪灯新話』『捜神記』などの影響を強く受け、それらにヒントを得たものや、そのなかの話を日本風にアレンジしたものが多かったが、次第に日本各地の伝説・伝承を題材とした日本独自の怪異小説も作られた。また、実際にも、夜、人が集まって怪談を語り合う百物語が行われ、そうした話を記録した作品もある。

絵巻・浮世絵の怪異物は、近世後期に多く見られる。浮世絵でも妖怪画は描かれ、歌川国芳・月岡芳年らのすぐれた画家が活躍した。

演劇では鶴屋南北が『東海道四谷怪談』を上演し、落語では『真景累ケ淵』『怪談牡丹灯篭』といった、現代人にもなじみ深いものが作られていった。

12 浄瑠璃・歌舞伎

中世に舞台芸術としての完成を見た能は、近世にも引き続き行われたが、その象徴的で静的な芸風に対して、人間の姿を具像的、誇張的、動的に演じる舞台芸能が、あらたに生まれた。16世紀後半から17世紀初頭に形を整えた浄瑠璃と歌舞伎がそれである。近世を代表するこの二つの演劇は、相互に刺激と影響を与えあいながら成長し、近世都市民の圧倒的な支持を得てその風俗をも形作った。太平の世に都市町人の経済的実力が高まった近世では、浄瑠璃と歌舞伎は都市の娯楽として浮世の花とおい立ったのである。

12.1 浄瑠璃

17世紀後半、「義太夫節」を完成させた竹本義太夫（1651~1714年）と、歌舞伎脚本作家として演劇論『虚実皮膜論』を完成させていた近松門左衛門が手を結ぶと、浄瑠璃は演劇性を高度に達成した。近松と義太夫が開拓した新浄瑠璃を義太夫節とよび、以後、浄瑠璃は義太夫節の別名ともなる。なお、義太夫節以前の浄瑠璃を古浄瑠璃と呼ぶ。

12. 2　歌舞伎

歌舞伎の起源は出雲の阿国が始めた歌舞伎踊である。これは茶屋や風呂屋での男女の戯れを小歌仕立ての歌舞劇に演じたものである。歌舞伎は後は、容色本意から演技・筋立てを本領とする歌舞伎狂言へと大きく展開した。元禄期（1688~1704年）に上方・江戸に常設の劇場ができた。文化・文政期（1804~1830年）には歌舞伎の中心が江戸にうつり、化政期の退廃的な世相を背景に、生世話物の完成者鶴屋南北が『東海道四谷怪談』などの傑作を残した。

12. 3　歌舞伎・浄瑠璃のジャンル

心中物：相愛の男女の死を主題とする

世話物：時代世相を反映する出来事に取材し、恋愛・義理・人情の葛藤を描く。

時代物：歴史上の事件・事跡を題材に、当代にもかよう義理や人情の機微を描く。

生世話物：歌舞伎の世話物のうちでもっとも写実的傾向のつよいもの。

13　近松門左衛門

13. 1　日本の劇作家

生卒年は承応2年（1653年）~享保9年（1724年）で、享年72歳。本名は杉森信盛であり、越前吉江藩（福井県鯖江市）藩士信義の次男である。15歳ごろ家族とともに上京し、公家の雑掌として仕え、王朝の伝統文化・教養に触れた。その後、浄瑠璃太夫宇治加賀掾のもとで浄瑠璃作者としての修行を重ね、31歳の天和3年（1683年）、『世継曽我』が上演されるころには自立し、以後、確実なもので90余編におよぶ浄瑠璃、約30編の歌舞伎狂言を書いた。虚構と事実との皮膜の間にリアリティーを仕組み、その独自の作劇法は、舞台芸能の演劇性を高め、近世の観客を魅了した。

13.2 浄瑠璃と歌舞伎

『世継曽我』の後、貞享2年（1685年）、竹本座の義太夫のために書いた時代物『出世景清』が好評を得、近松は浄瑠璃作者としての地歩を築いた。しかし元禄期（1688～1704年）、歌舞伎が狂言化し、演技も向上して演劇の魅力を備えると、複雑な筋をもった脚本を求める坂田藤十郎の求めに応じ、元禄6年以降約10年間、『藤壺の怨霊』などの歌舞伎作品を書き続けた。

13.3 竹本座座付き作者

その後、藤十郎の病気と歌舞伎の停滞があって、「からくり」などの導入による浄瑠璃の再興で、再び近松を浄瑠璃の世界に引き戻した。そして元禄16年、義太夫のために書いた、世話物浄瑠璃の初作『曽根崎心中』が空前の大当たりとなると、以後近松は、竹本座の座付き作者として浄瑠璃創作に専念していった。

日本のシェークスピアともたたえられた近松は、時代に育まれすぐれた太夫、役者とのであいに恵まれ、自身の鋭い人間洞察、深い情感をもって日本の演劇史を大きく前進させたのである。

14　近世の学問

14.1　国学

元禄期（1688~1704年）以降に大きな進展を見せた、日本固有の文化・思想の究明を目標とする学問を国学という。古語・古言の意味を用例に付けつつ、あきらかにする実証的研究を方法とし、そこから日本古代のものの見方・考えを探り、これを現実の世の指針にしようとするもので、次第に国家主義的色彩を強め、幕末の尊王攘夷運動を導いた。主な国学者は次の通り：

（1）基盤形成期

下河辺長流：近世古典学の祖。『万葉集』研究者。

契沖：均衡のとれた読解力・鑑賞力と文献学的な方法で、和歌をはじめ多くの古典の研究をした。

荷田春満：神道説や和歌の秘説を学び、それらを統合して『万葉集』など古典の研究・講義をした。

（2）完成期

賀茂真淵：契沖の実証的傾向と春満の情熱的な性格をうけいれ、独自の学問を築いた。古言—古義—古意—古道の手順で国学を体系化し、古歌・古語によって古代精神を探求しようとする国学の復古的性格を方法つけた。万葉研究に主眼をおき、『万葉考』『歌意考』などを著す一方、作歌活動も重視し万葉調を提唱した。

本居宣長：真淵によって確立された国学を完成させた。宣長没後、国学は二派に分かれ、文学・語学の研究は本居春庭・伴信友らに、古道・日本精神の研究は平田篤胤に受け継がれた。

（3）展開期

平田篤胤：古学に志、宣長の子春庭に入門した。儒仏を排した復古神道を鼓吹し、洋学にまで研究を広げて古道学を体系づけようとした。神学的色彩を帯びた平田国学は幕末の時期にあい、国学を広く普及させる上で大きな役割を果たした。

14.2 漢学

幕府と諸藩の君臣的上下関係、家族制度、世襲制度などの社会秩序を支える思想として儒学、中でも朱子学が重んじられた近世、漢学は正統な学問として大いに行われた。

（1）初期

藤原惺窩に学んだ林羅山が朱子学の教学樹立につくした。漢詩文では、隠者の石川丈山・僧侶の元政などの作品が注目される。

（2）元禄期

朱子学の道徳観が町人台頭の世相に合わなくなると、俗世にいきる人間が善に向かう可能性を認め、人間肯定の視点から道徳的実践こそ真の儒の道とする伊藤仁斎（古義学）が人情論を唱え、江戸では、人情の機微を古代聖賢の風雅の表現に見てその意義を説く荻生徂徠が古文辞学を主張した。これらを総称して古学派という。

ここからは、伊藤東涯・服部南郭らの漢詩文作者が出た。

（3）近世後半期

儒学の最盛期。漢詩では、唐詩を模倣した作風の格調派が飽きられ、現実に即した真情を率直に表現する性霊派が現れた。その後、化政期には市河寛斎ら江湖詩社の詩人が活躍し、詩風の革新運動が展開された。

また地方では、菅茶山・広瀬淡窓・頼山陽・梁川星厳らが、個性豊かな作品を残した。

14.3 洋学

近世後半以降の、外国語習得を通じて行われた西欧の学術や文化に関する研究・知識を洋学という。18 世紀前半の8 代将軍吉宗による洋書輸入緩和策を契機に、天文暦学家西川如見（1724没）、『和蘭話訳』著者青木昆陽（1769没）、杉田玄良多沢（1803没）、その弟子大槻玄沢（1827没）らが、語学研究を中心とした研究を進めた。

15　本居宣長

15.1　近世日本の国家主義者

宣長は伊勢松阪の木綿問屋小津家に生まれた。学問好きを見抜いた母が医者にするため京都に遊学させたが、医学のほか、荻生徂徠や契沖らと交流のあった進歩的な朱子学者堀景山に師事し、漢学や国学を学んだ。徂徠の新学風に啓発され、契沖の著書から日本固有の古典学を学びとった彼は、医師を開業しながら国学の研究にはげみ、門人を育て、著述に従事した。宣長の生きたのは、田沼時代から寛政年間の、飢餓や一揆が多く起こった時代である。この不穏な世、宣長は旧き良き時代の姿を「古道」として理想化し、これを追求する学問（「古学」）として国学を追求したのである。

15.2　宣長の研究方法と理念

宣長は、古道を明らかにする手段として古語に注目し、古語の意味世界、語彙体系、文構造の実証的研究に専念した。いわゆる訓詁注釈の研究方法である。すなわち『源氏物語』や『万葉集』、『古事記』の世界を支える理念を徹底した訓詁注釈によって探り、そこに古道を見ようとしたのである。

『源氏物語』の本質を「もののあわれ」とする論はこうして導きだされたもので、そこから、古道の真の理解のために、「もののあわれ」の風雅を、和歌や物語を通して学ぶべきだと主張した。

また、賀茂真淵からその重要性を教示された『古事記』についても、三十数年を費やして研究を続け、『古事記伝』44巻を完成させたが、そこからは「まことの道」として普遍化された日本独自の道を主張し、儒教を排除した国学の思想的基盤を用意することになった。

第五章　明治前期における文学（小説を中心に）

1　明治10年代の日本社会

明治10年代では日本の社会は大きく変わった。西欧社会をモデルに「文明開化」政策が推進された結果、たとえば通行手形なしに全国各地を自由に往来できるようになり（廃藩置県）、士農工商という世襲の身分制度に束縛されずに自由に職業が選択できる（四民平等）、また教育制度・施設が整備され（学制頒布）、近代産業の育成が奨励された（富国強兵・殖産興業）。当時の社会に生活する人々にとって、これは画期的な環境の変化だった。日本人作家司馬遼太郎が代表作の『坂の上の雲』に於いてこう表現したことがある：維新によって、日本人は初めて近代的な「国家」というものを持った。社会のどういう階層の、どういう家の子でも、ある一定の資格をとるために必要な記憶力と根気さえあれば、博士にも官吏にも、軍人にも教師にもなりえた。そういう資格の取得者は、当時少数であるにしても、ほかの大多数は、自分もしくは自分の子が、その気にさえなれば、いつでもなりうるという点で、権利を保留している豊かさがあった。

本書では、明治期における文学を前期と後期の二つの時期に分けて説明する。前期は明治10年代（過渡期）と明治20・30年代であり、後期は明治30・40年代である。

1.1 明治天皇

明治天皇（1867年~1912年）は孝明天皇の第二皇子である。1852年に京都に生誕して、満59歳で崩御した。明治期において日本で行われた資本主義的改革は、総称して「明治維新」と言われる。日本は「明治維新」を通して一躍して世界の強国になった。明治天皇によって発した詔や勅諭は大方以下のようである：1870年に宣教使を置くの詔（大教宣布の詔）を発して、神道の国教化（国家神道）と天皇の絶対化を推し進めた。1871年には廃藩置県を断行し、中央集権体制を確立した。1881年には、国会開設の勅諭を発して議会創設の時期を明示し、1882年、軍隊を「天皇の軍隊」と規定した軍人勅諭を発し、大元帥として軍隊の統率にあたり、軍備の増強に努めた。1884年以降は、間近に控えた議会創設に備えて、立憲制に対応する諸制度を創設した。また、内閣制度、市町村制、府県制、郡制の制定など、津々浦々に至る官僚制支配体系の整備と並行して、莫大な皇室財産の設定を行った。1889年、大日本帝国憲法を公布して、日本史上初めて天皇の権限（天皇大権）を明記しており、立憲君主制国家確立の基礎となった。1890年には教育ニ関スル勅語を発し、近代天皇制国家を支える国民の道徳を規定した。

1.2 漢字改革運動

明治時代の漢字改革運動は、主に三つの時期に分けることができる、すなわち仮名文字論時期、ローマ字論時期と漢字制限論時期である。

仮名文字論は前島密によって提出したのである。幕府が明治政府になって、彼は政府の衆議院と文部省にいろいろと提案し、漢字を改革しようと強く主張した。それがきっかけで、「仮名の本」「伊呂波会」「伊呂波文会」など仮名文字普及団体が次から次へと出てきた。

ローマ字論は、すなわち漢字を廃止し、ローマ字で日本語を表記しようという主張である。明治維新後、西周などの欧化主義者たちによって提出された。そして、もちろん欧米諸国に支持された。

漢字制限論は、福沢諭吉によって提出された。脱亜入欧を主張する福沢諭吉も漢字廃止論の支持者であるが、前島密と違って、漢字を段階ごとに廃止するほうがもっと日本の実情に似合うと考えている。その主張は明治政府に採用された。

1.3　明六社の啓蒙思想

前時代の因習的な思想と文化を打破し、日本の近代社会を形成するのにふさわしい西欧の思想と文化を輸入紹介して、国民を啓蒙しようとしたのが、森有礼を中心として明治6年に創立された結社「明六社」グループであった。のちに初代文部大臣となる森有礼のほか、福沢諭吉、中村正直、西周、加藤弘之らの洋学者が構成員で、彼らは毎月二回例会を開いて新知識を論じ、機関誌『明六雑誌』（明7~8）を発行した。彼らの代表的な著作には、福沢諭吉『西洋事情』（慶應2~明3）、『世界国尽』（明2）、『学問のすすめ』『文明論の概略』（明8）、西周『百一新論』（明7）、中村正直訳『西国立志編』（明3~4）などがある。なかでもスマイルス原著『自助論』の翻訳である『西国立志編』は、立身出世の成功に必要な徳目として具体的に勤勉・克己・剛毅・節約などを挙げており、福沢諭吉『学問のすすめ』と並ぶ明治期の大ベストセラーとして当時の青年たちに大きな影響を与えた。

1.3.1　福沢諭吉『学問のすすめ』

原文：「天は人の上に人を造らず人の下に人を造らず」と言えり。されば天より人を生ずるには、万人は万人みな同じ位にして、生まれながら貴賤上下の差別なく、万物の霊たる身と心との働きをもって天地の間にあるよろずの物を資り、もって衣食住の用を達し、自由自在、互いに人の妨げをなさずしておのおの安楽にこの世を渡らしめ給うの趣意なり。されども今、広くこの人間世界を見渡すに、かしこき人あり、おろかなる人あり、貧しきもあり、富めるもあり、貴人もあり、下人もありて、その有様雲と泥との相違あるに似たるはなんぞや。その次第はなはだ明らかなり。『実語教』に、「人学ばざれば智なし、智なき者は愚人なり」とあり。されば賢人と愚人との別は学ぶと学ばざるとによりてできるものなり。また世の中にむずかしき仕事もあり、やすき仕事もあり。そのむずかしき仕事をする者を身分重き人と名づけ、やすき仕事をする者を身分軽き人という。すべて心を用い、心配する仕事はむずかしくして、手足を用うる力役はやすし。

中国語訳：

所谓“天不造人上之人，亦不造人下之人”。是说上天在造人之时，没有贵贱上下之分，人人平等。上天的本意是让身为万物之灵的人类能够通过身心的劳作营生，利用天地间的物资作衣食住行之用，并且自由自在、互不妨碍地安乐度日。但如今，漫观人类世界，有智有愚，有贫有富，有贵有贱，人与人之间有云泥之别，这是为何？其原因非常明显。《实语教》中说道：“人不学无智，不智则愚。”这是说贤愚之别在于学与不学。世间工作有难易之别。为难事者身份贵重，为易事者身份轻微。需要用心神、冒风险的工作较难；只需身体劳作的工作较易。

1.4　翻訳語の誕生

坂口安吾のエッセイ『ラムネ氏のこと』（昭和16）には、キリシタン伝来のころに「神の愛」という意味の外国語を「神の御大切」と日本語に訳したことが紹介されている。つまり当時の日本にはアモール（愛）に相当する言葉（概念）がなかったのである。文明開化期の日本でも、これと同じことが起こった。「社会」「個人」「近代」「文学」「文化」「美」「恋愛」「存在」「自然」「権利」「思想」「自由」「独立」　など、いずれも西欧の思想・文化を移入した際に、これに相当する日本語がなかったので、さまざまな試行錯誤のすえに翻訳語として創出した言葉なのである。これ以前の日本人は、こういう言葉（概念）を用いて、あれこれ考える習慣はなかったのである。その中、西周の果たした役割は大きかった。彼は、西洋語の　「ph ilosophy」　を音訳でなく翻訳語（和製漢語）として　「希哲学」　という言葉を作ったほか、「藝術」「理性」「科学」「技術」　など多くの哲学・科学関係の言葉を考案した。

1.5　言文一致運動の芽生え

中世以降、書き言葉と話し言葉が分かれてしまい、口語は文章語とはならず、明治維新後、口語で文章を書こうとする運動が興った。明治 20 年代、二葉亭四迷は落語家の口演速記を参考にして「だ」　調で文末を終える文体を考案した。同時期山田美妙は『胡蝶』　で　「です」　調をためした。尾崎紅葉は　『二人女房』　で　「である」　調を試み、『多情多恨』　で　「である」　調を確立した。これらの試みを踏まえ、明治 40 年代に入ると、小説の文体は言文一致体となり、大正期の白樺派の作家たちによって完成された。

1.6　日本の近代文明の特徴

近代とは、人間が精神の上でひとりひとりの個性を大切にすることに目覚めた、個人主義・自由主義の時代である。政治の方面では中央集権的な法治国家の時代であり、経済の方面では資本主義の時代であり、社会の方面では市民社会が形成された時代である。西欧と比べると、西欧ではフランス革命以後、はっきり近代に入ったのに、日本では封建制が崩れた明治維新以後、はじめて近代を迎えた。

西欧の近代は自然に内発に成熟したのだが、日本の近代は外国の圧力や明治政府の力で外発的に無理をして進めたものであったため、各方面に矛盾や不均衡をもたらした。西欧の物質的な近代文明を手本にして「文明開化」・「富国強兵」をモットーとしたが、その文明を生み出した近代精神——個人主義・自由主義の精神の育成を怠った。精神的な近代が確立しないままの底の浅い表面的な近代なのであった。特に明治20年代に入って日本が国家主義の方針をとるに及んで、以後、太平洋戦争終結の日まで個人主義の思想は抑えられたままであり、精神的な近代の発揚はついになかったといえる。戦後昭和20年に日本は改めて近代精神につい深く考えねばならないことになる。

『日本の開花』：それで現代の日本の開化は前に述べた一般の開化とどこが違うかと云うのが問題です。もし一言にしてこの問題を決しようとするならば私はこう断じたい、西洋の開化（すなわち一般の開化）は内発的であって、日本の現代の開化は外発的である。ここに内発的と云うのは内から自然に出て発展するという意味でちょうど花が開くようにおのずから蕾が破れて花弁が外に向うのを云い、また外発的とは外からおっかぶさった他の力でやむをえず一種の形式を取るのを指したつもりなのです。もう一口説明しますと、西洋の開化は行雲流水のごとく自然に働いているが、御維新後外国と交渉をつけた以後の日本の開化は大分勝手が違います。

中国語訳：

问题在于，现代日本的开化与前述之一般开化有何不同。若以一言蔽之，我会说，西洋之开化（一般开化）是由内而发，而日本则是由外而发。所谓内发是说，如同花朵由内而外地破蕾绽放，花瓣是向外的，是一种自内向外的自然发展；所谓外发是说，迫于外力作用不得已采取某种形式。换句话说，西洋之开化如行云流水一般，是自然发展，与明治维新后向外国开放的日本之开化大相径庭。

2　過渡期の文学

年号は「明治」となっても、ただちに新時代の文学が誕生したのではなかった。坪内逍遥が評論『小説神髄』を発表するのは明治18~19年であり、近代国家としての体制を整える大日本帝国憲法が発布されるのは明治22年のこと。明治初年からこの時期までの文学作品を過渡期の文学と呼ぶが、それは戯作文学、政治小説、翻訳文学の三つに分類される。

江戸後期の戯作の流れを受け継ぎながら、その題材を西欧文化や開化期の日本の新風俗に求めた作品群は戯作文学である。仮名垣魯文『西洋道中膝栗毛』（明3）、『安愚楽鍋』（明4）、成島柳北『柳橋新誌』第二編（明7）、服部撫松『東京新繁昌記』（明7）などが、このジャンルの代表的なものである。

自由民権運動の高まりに呼応して明治10年代には国会開設運動が活発になり、その政治的主張を普及させる目的で書かれた作品群は政治小説である。矢野龍渓『経国美談』（明16~17）、東海散士『佳人の奇遇』（明18）などが代表的な作品である。

明治初年代は西欧の実学（科学・哲学・思想）の翻訳移入が中心だったが、明治10年代になって文学にも関心が向き、西欧文学の翻訳小説が流行した。ジュール・ベルヌの冒険科学小説を川島忠之助が翻訳した『八十日間世界一周』（明11~13）、リットンの作品を丹羽（織田）純一郎が翻訳した『花柳春話』（明11~12）、シェクスピアの戯曲『ジュリアス・シ―ザー』を坪内逍遥が翻訳した『自由太刀余波鋭鋒』（明17）などが代表的なものである。

3　写実主義

文明開化期の功利主義と実学中心の風潮は、時代がさがるにつれて当初ほど一辺倒ではなくなり、次第に文芸の世界に目を向けるようになった。それに伴って、西欧近代小説の理念が移入された。

日本近代文学に実質的な第一歩を記したのは坪内逍遥の『小説神髄』である。

「小説の主脳は人情なり、世態風俗これに次ぐ」と坪内逍遥が主張した。前時代の勧善懲悪主義にもとづく滝沢馬琴流の戯作の態度を批判し、また功利主義的な文学観をも退け、新しい近代小説理論を『小説神髄』において構築した逍遥は、西欧の進化論や芸術論などを援用して、小説が最も優れた芸術様式のひとつであると強く主張する。また、小説は、人情の葛藤と矛盾を描くことを通して、人の心の微妙さ、深さと広さを掲示し、読者に芸術の美をもたらすべきだと唱えた。ここに「人情の真」を重視する日本伝統文学の「誠」と「物の哀れ」という文学理念の影響がみられる。なお、彼は日本語の文体を雅文体、俗文体と雅俗折衷体にわけ、また『当世書生気質』で雅俗折衷体を実践した。

『小説神髄』に刺激を受けて、ロシア文学のリアリズム論を学んだ素養を生かしつつ、より徹底した写実小説理論を展開したのが、二葉亭四迷の評論『小説総論』であった。『小説神髄』と『小説総論』とは、ともに日本の近代文学の実質的な出発を告げる評論として重要な位置にある。

坪内逍遥の実作『当世書生気質』は、まだ戯作調を濃く残存させており、彼の近代文学理論を十分に実作化したとは言い難いものであった。それに対して、二葉亭四迷の小説『浮雲』は、実社会の世渡りになじめない知的青年内海文三の「余計者」 意識に焦点をあて､内面のエゴや新時代の社会のひずみを暴き出すなど､本格的な近代リアリズム小説として充実した内容を備えていた。

3.1　坪内逍遥

坪内逍遥（1859~1935年）は岐阜県の生まれで東京大学政治経済科を卒業した。大学在学中に英文学への目を開かれ､イギリス文学を中心とする西欧文学に親近した。大学卒業後は早稲田大学の教壇に立ち､文学評論 『小説神髄』 をあらわした。この書物で､それまでは単なる戯作として扱われていた小説を理論化し､写実（模写）を提唱､従来の勧善懲悪主義に立つ読み物を排した。その理論に基づいて自ら 『当世書生気質』 （明18~19年）を著した。一方､劇作家としても活躍し､島村抱月らと新劇運動を推進した。文芸誌 『早稲田文学』 の創刊や､シェクスピアの個人全訳などの業績もある。

『小説神髄』 は明治18~19年､松月堂によって刊行された。日本近代文学に関する最初の本格的な理論書で原理編と技術編とで構成される。新来の思想の進化論を応用し､文芸ジャンルのもっとも発達した形態として小説を位置づけた。その基本的な主張は､第一に小説とはそれ自体で独立した価値を持つ表現形態であり､それ以外に何らかの功利的な目的があるのではないと規定したこと。第二に､小説の重要な目的は人間の心理や社会の生態をそのまま写実することにあると説いたこと。このような主張はつまり､従来の文芸（戯作）が低次元の慰みものととらえられていたことに反対し､また文芸の世界が勧善懲悪思想や立身出世主義の普及の道具として存在するのではないと明言したことにおいて､革命的な衝撃を同時代の人々に与えた。

3.2　二葉亭四迷

二葉亭四迷（1864~1909年）は東京都の生まれで､本名は長谷

川辰之助である。幼時を明治維新の動乱の中で送った体験から政治に興味を抱く。軍人になろうと陸軍士官学校を受験したが失敗し、志望を外交官に転じて東京外国語学校露語部に入学した。東京外国語学校入学後はゴンチャロフやドストエフスキーなどのロシア文学に親しみ、ベリンスキーなどの文学理論にも啓発された。その後、外国語学校を中退し、文学で立つことを決意する。

彼は『小説総論』（明 19）を発表し、小説の方法として写実を提唱した。それに基づき、『浮雲』（明 20~22）を発表した。日本最初の本格的な近代小説として高く評価されるが、第三編の途中で中断した。またツルゲーネフの小説の翻案『あひびき』を清新な口語文で発表し、読者を魅了した。文学に飽き足らず、政治的な活動の機会をうかがっていたが、ロシアからの帰国途上で客死した。

代表作の『浮雲』の第一編と第二編は坪内逍遥の名で発表されたが、第三編で初めて言文一致体で書かれ、また二葉亭四迷の名で発表された。小説のあらすじはほぼ以下である：夢想的な観念家である内海文三は官庁を免職となった。そのために恋仲にあったお勢は彼から離れて行き、世間智にたけた本田昇に近づいてゆく。その結果、文三は妄想に駆られるようになる。

3.2.1　二葉亭四迷訳『あいびき』

原文：秋九月中旬というころ、一日自分がさる樺の林の中に座していたことがあった。今朝から小雨が降りそそぎ、その晴れ間にはおりおり生ま煖かな日かげも射して、まことに気まぐれな空ら合い。あわあわしい白ら雲が空ら一面に棚引くかと思うと、フトまたあちこち瞬く間雲切れがして、むりに押し分けたような雲間から澄みて怜悧し気に見える人の眼のごとくに朗かに晴れた蒼空がのぞかれた。自分は座して、四顧して、そして耳を傾けていた。木の葉が頭上で幽かに戦いだが、その音を聞たばかりでも季節は知られた。それは春先する、おもしろそうな、笑うようなさざめきでもなく、夏のゆるやかなそよぎでもなく、永たらしい話し声でもなく、また末の秋のおどおどした、うそさぶそうなお饒舌りでもなかッたが、ただようやく聞取れるか聞取れぬほどのしめやかな私語の声であった。そよ吹く風は忍ぶように木末を伝ッた。

中国語訳：

九月中旬的一天，我独坐在那白桦林中。早上就下起了小雨，间或有温暖的阳光透出来，天空非常爽朗。松软的白云遮蔽了一大片天空，但随即被撕扯开，云间透出的，是与伶俐之人独有的双眼一样澄澈的晴朗天空。我静坐四顾，且听风吟。树叶在头顶悄悄地颤抖，由此透露出季节的消息。那并非是早春那满怀生机和笑意的喧闹；也不是长夏那慵懒的微动，或是如冗长谈话一样的沉闷；也不像晚秋的风那样刮个不停，让人感到寒意和战栗。那是似有若无一般娴静的私语。微风轻轻地拂过树梢。

3.2.2　二葉亭四迷　『浮雲』

原文：　姉をお勢と言ッて、その頃はまだ十二の蕾、弟を勇と言ッて、これもまた袖で鼻汁拭く湾泊盛り（これは当今は某校に入舎していて宅には居らぬので）、トいう家内ゆえ、叔母一人の機に入ればイザコザは無いが、さて文三には人の機嫌気褄を取るなどという事は出来ぬ。唯心ばかりは主とも親とも思ッて善く事えるが、気が利かぬと言ッては睨付けられる事何時も何時も、その度ごとに親の難有サが身に染み骨に耐えて、袖に露を置くことは有りながら、常に自ら叱ッてジット辛抱、使歩行きをする暇には近辺の私塾へ通学して、暫らく悲しい月日を送ッている。ト或る時、某学校で生徒の召募があると塾での評判取り取り、聞けば給費だという。何も試しだと文三が試験を受けて見たところ、幸いにして及第する、入舎する、ソレ給費が貰える。昨日までは叔父の家とは言いながら食客の悲しさには、追使われたうえ気兼苦労而已をしていたのが、今日は外に掣肘る所もなく、心一杯に勉強の出来る身の上となったから、ヤ喜んだの喜ばないのと、それはそれは雀躍までして喜んだが、しかし書生と言ってもこれもまた一苦界。

中国語訳：姐姐阿势芳龄12；弟弟阿勇淘气包一个（当时已经在学校寄宿）。因此对于文三来说，只要得到婶婶的喜爱就万事大吉。但文三恰恰不擅长此道。他虽然诚心地视对方如主人如母亲，但还是不够机灵，老是被骂。文三发自内心地明白了不是至亲骨肉就是不一样。但是他只得忍耐，即使有泪也不示于人前，一度悲苦度日。有时趁着出门办事的机会他也会打打酱油，在附近的私塾听课。一天，他听说某学校招收学生，再一打听，原来去上课还有钱拿。文三决定一试。他非常幸运地被录取了，然后在那学校上学并寄宿，同时还能领钱。之前虽说是叔叔家，但文三毕竟是吃白饭，因此不仅要被差使，还要看人脸色，日子过得不开心。现在文三终于能够心无旁骛地专心学习，他为此感到无比开心。但做书生也不容易。

4　擬古典主義

政治社会面での国粋主義の振興の気分は、文芸面では、日本の古典文学、特に井原西鶴や近松門左衛門らの元禄の文学に対する再評価の流行をもたらした。

そんな中で、尾崎紅葉は明治18年、友人と文学結社『硯友社』を結成し、機関誌『我楽多文庫』を発刊した。『二人比丘尼色懺悔』で文壇に登場し、また『金色夜叉』で大好評を博した尾崎紅葉は、幸田露伴とともに擬古典主義の作家として同時代に活躍したが、彼らの文学にはそれぞれ独自の特徴があった。『風流仏』『五重塔』で有名な幸田露伴の作品は、男性的・理想（浪漫）主義的な傾向が強く、その文体も漢文脈が濃厚に反映されている。これに対して尾崎紅葉の作品は、女性的・写実的な傾向が強く、大衆読者になじみやすい文体を備えている。

4.1　尾崎紅葉

尾崎紅葉（1867~1903年）は東京都の生まれで、東京大学予備門在学中に山田美妙と硯友社を結成、機関誌『我楽多文庫』を創刊した。大学中退後は創作に専念し、明治22年、復古的な時代思潮に呼応して、中世的な悲哀を基調とする小説『二人比丘尼色懺悔』を刊行して文壇に迎えられた。また、井原西鶴などに学んだ雅俗折衷体の文章を成熟させ、前期の代表作『伽羅枕』（明23）を連載するなど、活躍は目覚ましく、25歳にして文壇の大家として仰がれた。

代表作『多情多恨』は、心理描写・性格描写にすぐれるとともに、「である」調の口語文を磨き上げた言文一致体の小説として、その意義が高く評価されている。また、心血を注いだ大作『金色夜叉』は明治文学の代表的な人気作品となったが、胃癌によって35歳で死亡したため、未完に終わった。

4.1.1『多情多恨』

長編小説。明治29年『読売新聞』に連載した。

あらすじ：最愛の妻を亡くした物理学院の教授鷲見が、親友の家に同居したことによって、その妻お種と仲を疑われ、やむなく近所の下宿で一人暮らしをする。『源氏物語』桐壷巻の、帝の桐壷の更衣に対する追慕の情がヒントになっている。

4.1.2『金色夜叉』

長編小説。明治30年から35年まで『読売新聞』に連載した。明治文学の代表的な人気作品で、以後も演劇・映画・流行歌などで大衆に親しまれた。

あらすじ：高等中学生の間貫一は、婚約者の宮が資産家に嫁ぐことを知る。熱海の海岸で金銭に目がくらんだ宮の裏切りを罵倒し、蹴倒したまま姿をくらます。やがて高利貸しになった貫一は、金銭のみに執着し、宮への復讐心を燃やす。

4.2 幸田露伴

幸田露伴（1867~1947 年）は東京都の生まれで小学校在学中から江戸文学に親しみ、東京英学校を中退後は、経典から仏典、江戸期の雑書に至るまで濫読し、後年の博学の基礎を築いた。明治 18 年、電信技士として北海道に赴任したが、坪内逍遥らの影響によって文学革新の志を抱くにいたり、同 20 年職務を放棄して帰京した。

明治 22 年、ニューヨークの大富豪が娘の婿を募集して全世界に広告を出すという奇想天外な短編小説 『露団々』 を発表した。また、尾崎紅葉と親交を結ぶことによって西鶴を学び、彫刻師の恋愛を夢幻的に描いた短編 『風流仏』 を刊行して、天才露伴と呼ばれた。以後、男性的で理想主義的傾向の強い作品を次々に発表。代表作は 『五重塔』 であるが、小説のほか、評論・随筆・史論・古典の評釈など、活躍の幅は広い。

4.2.1 『風流仏』

短編小説。明治 22 年吉岡書店刊。恋愛至上主義と芸道の神秘さを夢幻的に融合させた作品である。

あらすじ： 旅の彫刻師が失恋の思いを胸に、その少女の面影を映した仏像を刻むうちに、その裸像はにわかに生動して彼に手を差し伸べる。

4.2.2 『五重塔』

中編小説。明治 24 年から25 年まで 『国会』 に連載した。芸術への意欲と信頼を理想的な男性像の中に描き出した作品として高い評価を受ける傑作である。

あらすじ： 無名の大工の十兵衛が、親方筋にあたる名工から五重塔建立の仕事を奪い、名を末代に残そうとする。さまざまな困難を克服して完成させるが、落成式の前夜に暴風雨が襲う。寺からの要請を受けた十兵衛は、自己の腕前を信じ、塔の最上階に毅然と立ち続けるのだった。

4.3　作品撰読

4.3.1　山田美妙　『武蔵野』

原文：　このころ軍があったと見え、そここごには腐れた、見るも情ない死骸が数多く散ッているが、戦国の常習、それを葬ッてやる和尚もなく、ただところどころにばかり、退陣の時にでも積まれたかと見える死骸の塚が出来ていて、それにはわずかに草や土やまたは敝れて血だらけになッている陣幕などが掛かッている。そのほかはすべて雨ざらしで鳥や獣に食われるのだろう、手や足がちぎれていたり、また記標に取られたか、首さえもないのが多い。本当にこれらの人々にもなつかしい親もあろう、可愛らしい妻子もあろう、親しい交わりの友もあろう、身を任せた主君もあろう、それであッてこのありさま，　刃の串につんざかれ、矢玉の雨に砕かれて異域の鬼となッてしまッた口惜しさはどれほどだろうか。死んでも誰にも祭られず…故郷では影膳をすえて待ッている人もあろうに…　「ふる郷に今宵ばかりの命とも知らでや人のわれをまつらむ」　…露の底の松虫もろとも空しく怨みに咽んでいる。

中国語訳：

看来这里曾经是战场。到处散落着腐烂的、令人目不忍睹的尸体，没有和尚为他们安葬，这也是战国时代的常事。有的地方会有军队撤退时堆积出来的尸塚，上面撒着些土，长出些草，或者盖着破破烂烂、血迹斑斑的战旗。除此之外就尽是被风吹雨淋、鸟兽啄食。很多的尸体手脚破碎，还有很多被砍掉了头颅去邀功。其实这些人生前也会有熟悉的父母、可爱的妻儿、亲密的朋友、为之效忠的主公，现在却做了他乡之鬼，被刀刺箭穿，成了这般模样，实在令人扼腕。没有人为他们祭奠……徒然辜负了家乡那人的等待。……“亲人在家乡，不知明日我将死，徒然在等待”……只有泣露的松虫在空虚地呜咽。

4.3.2　尾崎紅葉　『金色夜叉』

原文：

「金剛石！」

「うむ、金剛石だ」

「金剛石？」

「成程金剛石！」

「まあ、金剛石よ」

「あれが金剛石？」

「見給へ、金剛石」

「あら、まあ金剛石？」

「可感い金剛石」

「可恐い光るのね、金剛石」

「三百円の金剛石」

瞬く間に三十余人は相呼び相応じて紳士の富を謳へり。

中国語訳：

“钻石!”

“嗨，是钻石。”

“是钻石吗?”

“真的是钻石!”

“啊，是钻石。”

“那就是钻石吗?”

“看啊，是钻石”

“啊呀，是钻石吗?”

“钻石真漂亮。”

"钻石可真闪啊。"

"这钻石要三百块呢。"

不一会儿就有三十多人交头接耳着一起艳羡这位绅士的财富。

4.3.3　幸田露伴　『五重塔』

原文：紅蓮白蓮の香ゆかしく衣袂に裾に薫り来て、浮葉に露の玉動ぎ立葉に風のそよ吹ける面白の夏の眺望は、赤蜻蛉菱藻を嬲り初霜向うが岡の樹梢を染めてより全然となくなったれど、赭色になりて荷の茎ばかり情のう立てる間に、世を忍びげの白鷺がそろりと歩む姿もおかしく、紺青色に暮れて行く天にようやく輝り出す星を背中に擦って飛ぶ雁の、鳴き渡る音も趣味ある。不忍の池の景色を下物のほかの下物にして、客に酒をば亀の子ほど飲ませる蓬莱屋の裏二階に、気持のよさそうな顔して欣然と人を待つ男一人。

中国語訳：

夏天，荷花池里红莲白莲香染衣袂，漂浮着的荷叶上露珠莹动，玉立着的荷叶则随风摇曳。当红蜻蜓点染水面的菱叶水草，初霜尽染山岗上的丛林树梢，这荷花池的夏景就完全消失了。林立的赭色荷叶杆间，白鹭隐蔽着、静悄悄行走的姿态很滑稽；日暮时分藏青色的天空中，高飞的鸿雁在开始闪耀的星星旁擦身而过，发出饶有情趣的哀鸣。在蓬莱屋让人开怀畅饮的二楼靠里边，有个男人高高在上地俯视着这不忍池的景色，似乎心情很好地在等人。

5　浪漫主義

浪漫主義は、写実主義と同様に個人主義の思想に立ちながら、現実以上の理想世界の中に自己実現の欲求を求める抒情的な傾向をもつ芸術活動のことであり、自我の解放、個性の尊重、自由の謳歌、情熱の解放を求め、伝統や因習を破ろうとするのが中心の内容である。西欧のロマン主義は、長く広く展開されてきた。イギリスのワーズワース、キーツ、ドイツのゲーテ、ハイネ、シェライ、ロシアのプシェキンなどがみなその代表人物である。それに対して、日本のロマン主義は、西欧ほど長くも強くも広くもないのであって、また、ロマン主義と言える作家も作品もだいぶ少ないのである。そして反封建的な社会や「家」の中で十分な「個性」の確立が見られず、不徹底に終わった。その内因は、近代日本における市民階層の未完成と人間個人の「個」の確立の不完全であって、その外因は、天皇制と封建制の近代国家の個人に対する束縛である。

近代日本における浪漫主義文学は、森鴎外の登場を先駆として、次の三期に分類される。明治26年創刊の雑誌『文学界』グループの作品群が前期浪漫主義、明治33年創刊の雑誌『明星』グループの作品群が後期浪漫主義、そして雑誌『スバル』をめぐる永井荷風・谷崎潤一郎・上田敏らの作品群が新浪漫主義である。

5.1　森鴎外

ドイツ留学から帰国した森鴎外は、小説・詩・翻訳・評論の分野で多彩な活躍を示した。とりわけ留学体験を素材に書かれた小説『舞姫』（明23）は、青年知識人の異国での自我の覚醒と挫折の哀歓を抒情的に描いた傑作として知られている。森鴎外はまた、アンデルセンの作品を翻訳した『即興詩人』（明25~34）、妹の小金喜美子らとの合同訳詩集『於母影』（明22）を発表した。とくに訳詩集『於母影』は日本の伝統的な七五調を運用して、新たな簡単明瞭な語彙を使っても、外国詩歌の韻律の美をそのまま保持することに成功した訳詩の傑作である。さらに評論雑誌『しがらみ草紙』（明22~27）『めさまし草』（明29~35）を発刊し、ドイツ哲学・美学に立脚した評論活動を展開した。

5.2　北村透谷

『厭世詩家と女性』（明 25）『人生に相渉るとは何の謂ぞ』（明 26）『内部生命論』（明 26）など卓抜な評論を発表した北村透谷は、実世界と対極にある想世界でこそ宇宙の精神と合一する生命の充実が実現されると主張するなど、前期浪漫主義の典型的な評論家・詩人として知られる。

北村透谷の本名は門太郎である。神奈川県小田原市の生まれで、1881（明治 14）年に両親とともに東京に移住し、翌年、銀座の泰明小学校を卒業した。一時期自由民権運動に深く影響されたが、のちになって政治から遠ざかり、キリスト教の信仰の世界に入る。25 歳で自殺。

この北村透谷を指導者として明治 26 年に創刊されたのが雑誌『文学界』（明 26~31）であった。島崎藤村・平田禿木・上田敏・馬場孤蝶ら、この雑誌に結集した文学青年たちは、その若々しい情熱を美と理想への欲求に傾けた。

5.3　島崎藤村

詩人でありながら小説家でもある島崎藤村は、筑摩県（現在は岐阜県）の生まれである。1897（明治 30）年に春陽堂から刊行された第一詩集『若菜集』は、自我に目覚めた青年の喜びと嘆きをうたい上げ、浪漫的抒情詩で日本近代詩の原点として後世の詩人に多大な影響を与えた。そして、1906（明治 39）年に発表した『破戒』によって小説家としての地位も確立し、大作『夜明け前』を生むこととなる。1943（昭和 18）年、「涼しい風だね」という言葉を残し、大磯の自宅で永眠した。

藤村は北村透谷に反して、生きたる俗人と自称する。透谷が自殺したあと、彼はロマン主義運動から身を引いて、現実に注目する自然主義的な文学のやり方を選んだ。

5.4 樋口一葉

樋口一葉（1872~1896 年）は東京の下級役人樋口則義・たきの次女として誕生した。明治 22 年、父が多額の負債を残して病死し， 許嫁とも破談したあと、一家の生活は一変し、母と妹三人の生活を仕立物などによって支える。明治 21 年、東京朝日新聞記者で小説家の半井桃水に入門した。そして桃水が主宰する文芸雑誌 『武蔵野』 に 『闇桜』 （明 25）を発表したのを通して作家としての一歩を踏み出した。その後、生活苦のため下谷龍泉寺町に転居。荒物・駄菓子の小店を開き、『文学界』 の若い同人たちとの交遊も始まる。和歌や王朝風物語の作家として出発したが、平田禿木や馬場孤蝶ら 『文学界』 グループの浪漫主義に刺激され、市井の女の宿命と生き方に関心を向けるようになった。吉原界隈の風俗を背景に少年少女の世界を描いた 『たけくらべ』 （明 28）や、暗い宿命を負う新開地の娼婦の生と死を描いた 『にごりえ』 （明 28）などが代表作である。わずか 24 年の短い生涯であったが、明治期文学の代表的な才媛として定評がある。

5.4.1 『にごりえ』

短編小説。明治 28 年 『文芸倶楽部』 に発表した。本郷丸山福山町界隈を舞台に、一人の薄幸の女の運命を精細に描いた作品である。

あらすじ： 銘酒屋菊の井の一枚看板お力は、客結城朝之助となじみが深い。お力にうつつをぬかし、おちぶれはてた蒲団屋の源七は、今も彼女を忘れかねている。魂祭を過ぎたころ、お力と源七の二人の遺体が寺の裏山で発見された。

5.4.2 『たけくらべ』

短編小説。明治 28 年から29 年まで 『文学界』 に発表した。

吉原近くの龍泉寺町の人々の実生活に触れた体験をもとに、少年少女の心理を描いた作品である。

あらすじ：　吉原の妓楼大黒屋の養女美登利は、同じ学校で一緒に勉強する龍華寺の子藤本信如に恋心を抱いていた。夏祭の夜、美登利を侮辱する事件が起き、これを機に信如を憎み始めるが、徹底的に憎めないでいた。13歳になって遊女にやむを得ずなった美登利は恥ずかしさでうちに籠りこんだが、ある霜の朝、格子戸に造花の水仙が投げ入れられた。懐かしくて慈しむようにこれを生ける美登利。その翌日、信如は僧侶の学校に入学していく。

5.5　泉鏡花

泉鏡花（1873~1939年）は尾崎紅葉のもとで小説修業をし、『夜行巡査』『外科室』の2作が評価を得て、本格的な作家生活に入った。幽玄華麗な独特の文体と巧緻を尽くした作風は、川端康成、石川淳、三島由紀夫らに影響を与えた。硯友社系の作家として登場した泉鏡花は、やがて自己の浪漫的な資質を活かして幽玄奇想の世界に活躍を示した。少年期の母性憧憬を追慕した『照葉狂言』（明29）、山奥の密境に住む妖術使いの妖艶な謎の女性との交渉を描いた『高野聖』（明33）、尾崎紅葉との師弟関係をモデルにした恋愛小説『婦系図』（明40）など、天性の浪漫主義者としての泉鏡花の本領がある。

5.6　国木田独歩

国木田独歩（1871~1908年）は千葉県の生まれで東京専門学校（現早稲田大学）に入学したが、のちに中退した。雑誌の編集者や教員などを経て、明治27年国民新聞社に入社して従軍記者として活躍した。帰還後、佐々木信子と激しい恋に陥り、周囲の反対を押し切って結婚が、信子は貧困に耐えきれずに失踪し、協議離婚した。傷心の独歩は、渋谷村に転居し、武蔵野の散策と詩作に日々を過ごした。ペンネーム国木田独歩がそこから来たのである。明治30年、短編小説『源叔父』を発表し、また、「山林に自由存す」を含む浪漫的新体詩『独歩吟』を田山花袋らとの合著『抒情詩』（明30）に収めて刊行した。以後、『近事画報』などの編集に従事しながら小説『牛肉とジャガイモ』（明34）『忘れえぬ人々』（明31）などを発表した。『正直者』（明36）は自然主義の先駆けとして注目された。ほかに、信子の後日譚『鎌倉夫人』（明35）『運命論者』（明36）、佐伯の自然を舞台とした『春の鳥』（明37）が名高い。

5.6.1 『武蔵野』

国木田独歩の『武蔵野』は、「自然美」の発見を基調とする作品である。言文一致体で描く自然の美は多くの読者を感動させた。明治20年代の坪内逍遥・二葉亭四迷や硯友社系の作家たちが都市社会の生活を題材にしていたのに対して、俗悪な社会生活から逃れて雄大な自然と宇宙に永遠の生命を感じ、そこに同化し開放されることを願う姿勢がここにある。ツルゲーネフやワーズワースの影響のもとに、近代文明に汚染されていない無垢な自然をここに発見し、また新時代の言文一致体で表すのであって、その意味では伝統文学に描かれる自然の姿とは本質的に異なる新しい自然が発見されたのである。

5.6.2 『源叔父』

あらすじ：愛児を失い、失意孤独の境遇にあるが、たまたま少年を救い、同居させて愛した。しかし、この少年も彼を捨てて出奔。源叔父はついに首をくくって死ぬ。

5.6.3 『牛肉とジャガイモ』

短編小説。明治34年『小天地』に発表した。牛肉を「現実」、ジャガイモを「理想」にたとえ、倶楽部に集まった人々の間で繰り広げられる議論が描かれる。作中の岡本が作者の分身であり、独歩の哲学・人生観を主題とした思想小説として注目される。

5.7　作品撰読

5.7.1　森鴎外　『舞姫』

原文：　五年前の事なりしが、平生の望足りて、洋行の官命を蒙り、このセイゴンの港まで来し頃は、目に見るもの、耳に聞くもの、一つとして新ならぬはなく、筆に任せて書き記しつる紀行文日ごとに幾千言をかなしけむ、当時の新聞に載せられて、世の人にもてはやされしかど、今日になりておもへば、稚き思想、身の程知らぬ放言、…

げに東に還る今の我は、西に航せし昔の我ならず、学問こそ猶心に飽き足らぬところも多かれ、浮世のうきふしをも知りたり、人の心の頼みがたきは言ふも更なり、われとわが心さへ変り易きをも悟り得たり。きのふの是はけふの非なるわが瞬間の感触を、筆に写して誰にか見せむ。

中国語訳：

五年前，当我得以实现平生夙愿，奉命留学时，曾路过西贡码头。我对耳闻目睹的一切都感到新奇，每天都会写好几千字的游记，登载在当时的报纸上，颇得时人赞赏。现在回想起来，那些都是多么幼稚、不自量的大话啊……

东归的这个我，已不是西去时的那个我。学业上固然远未达到令人满意的程度，但是我已经亲身经历了人生的悲剧，看到了人心的不可靠和自己的易变。这些昨是今非、这些属于我的很多个瞬间的感触即使写下来，又能给谁看呢？

5.7.2　北村透谷　『万物の声と詩人』

原文：　万物自から声あり。万物自から声あれば自から又た楽調あり。蚯蚓は動物の中に於て醜にして且つ拙なるものなり。然れども夜深々窓に当りて断続の音を聆く時は、人をして造化の生物を理する妙機の驚ろくべきものあるを悟らしむ。自然は不調和の中に調和を置けり。悲哀の中に欣悦を置けり。欣悦の裡に悲哀を置けり。運命は人を脅かすなり、而して人を駆つて怯懦卑劣なる行為をなさしむるなり。情慾は人を誘ふなり、而して人を率ゐて我儘気随のものとなすなり。自然は広漠たる大海にして、人生は廷々たる浮島に似たり。風浪常時に四囲を襲ひ来りて、寧静なる事は甚だ稀なり。四節は追はずして駿馬の如くに奔馳し、草木の栄枯は輪なくして廻転する車の如し。自然は常変なり、須臾も停滞することあるなし。自然は常動なり、須臾も寂静あることなし。自然は常為なり、須臾も無為あることなし。

中国語訳：

万物自有声音。万物不仅有声音，还有自己的音乐。蚯蚓是一种既丑且拙的动物，但当深夜在窗边听到它们断断续续的鸣叫声时，会不由得让人领会造化的神奇。大自然在不调和中有调和，悲哀之中有欣喜，欣喜之中有悲哀。人却会被命运左右，做出怯懦卑鄙的行为；也会被情欲诱惑，任性妄为。如果说自然是广漠的大海，人生就似一座座浮岛，时常会遭受四周风浪的袭击，少有宁静的时光。四季更迭迅速，快如骏马奔驰，不可追赶；草木荣枯迅速，如同无轮之车。自然常变，须臾不停；自然常动，须臾不静；自然常为，须臾无为。

5.7.3　島崎藤村　『初恋』

原文：まだ上げ初めし前髪の/林檎のもとに見えしとき/前にさしたる花櫛の/花ある君と思ひけり

やさしく白き手をのべて/林檎をわれにあたへしは/薄紅の秋の実に/人こひ初めしはじめなり

わが心なきためいきの/その髪の毛にかかるとき/たのしき恋の盃を/君が情けに酌みしかな

林檎畑の樹の下に/自ずからなる細道は/誰が踏みそめし形見ぞと/問ひたまふこそこひしけれ

中国語訳：

见你苹果树下　初次挽起长发　想你如花绽放　正如梳上花朵
一双白皙之手　温柔给我苹果　秋之果实微红，宛如恋心初发
当我无心叹息　吹拂过你发梢　是否会用爱情　斟满恋之酒杯？
苹果园之树下　生成一条小路　此路由谁所踩　爱你有此一问

5.7.4　樋口一葉　『たけくらべ』

原文：　龍華寺の信如が我が宗の修業の庭に立出る風説をも美登利は絶えて聞かざりき、有し意地をばそのままに封じ込めて、此処しばらくの怪しの現象に我れを我れとも思はれず、唯何事も耻かしうのみ有けるに、或る霜の朝水仙の作り花を格子門の外よりさし入れ置きし者の有けり、誰れの仕業と知るよし無けれど、美登利は何ゆゑとなく懐かしき思ひにて違ひ棚の一輪ざしに入れて淋しく清き姿をめでけるが、聞くともなしに伝へ聞くその明けの日は信如が何がしの学林に袖の色かへぬべき当日なりしとぞ

中国語訳：

美登利一直不知道龙华寺的信如将去修行的消息，她封闭了自己，不知如何自处，只是每日怀着羞愧度日。一个霜天的早晨，有人从格子门外放下了一枝人造的水仙花。虽然不知道做这事的是谁，美登利还是不由得产生了怀念的心情。她把水仙插进了搁板上的花瓶，欣赏着那清白孤寂的芳姿。当她装作漫不经心地问起信如时，才知道那天正是信如去外地求学的前一天。

5.7.5　泉鏡花　『外科室』

原文：

「看護婦、メスを」

「ええ」　と看護婦の一人は、目をりて猶予えり。一同斉しく愕

然として、医学士の面を瞻るとき、他の一人の看護婦は少しく震えながら、消毒したるメスを取りてこれを高峰に渡したり。

医学士は取るとそのまま、靴音軽く歩を移してつと手術台に近接せり。

看護婦はおどおどしながら、

「先生、このままでいいんですか」

「ああ、いいだろう」

「じゃあ、お押え申しましょう」

医学士はちょっと手を挙げて、軽く押し留め、

「なに、それにも及ぶまい」

謂う時疾くその手はすでに病者の胸を掻き開けたり。夫人は両手を肩に組みて身動きだもせず。

かかりしとき医学士は、誓うがごとく、深重厳粛たる音調もて、

「夫人、責任を負って手術します」

ときに高峰の風采は一種神聖にして犯すべからざる異様のものにてありしなり。

「どうぞ」 と一言答えたる、夫人が蒼白なる両の頬に刷けるがごとき紅を潮しつ。じっと高峰を見詰めたるまま、胸に臨めるナイフにも眼を塞がんとはなさざりき。

中国語訳：

“护士，手术刀。”

“好的。”一个护士回答道，却犹豫着没动。大家都愕然地望着医生。这时另一个护士稍稍战栗着把消毒过的手术刀递给了高峰医生。

医生接过手术刀，轻轻移步，来到手术台前。

护士战战兢兢地问：

“这样可以吗？”

“啊，可以。”

“那么，我来压住。”

“啊，不用那样。”说着，医生迅速扒开病人胸口的衣服。夫

人两手搭在两肩，一动不动。

这时医生用严肃深沉的口吻，像是发誓一样说道：

“夫人，由我负责您的手术。”

此时的高峰医生异于常人，散发出一种神圣不可侵犯的风采。

“请动手吧。”夫人答道，苍白的两颊竟唰地泛起红晕。她一动不动注视着高峰医生，不去看那架在自己胸口的手术刀。

5.7.6　国木田独歩　『武蔵野』

原文：昔の武蔵野は萱原のはてなき光景をもって絶類の美を鳴らしていたようにいい伝えてあるが、今の武蔵野は林である。林はじつに今の武蔵野の特色といってもよい。すなわち木はおもに楢の類いで冬はことごとく落葉し、春は滴るばかりの新緑萌え出ずる。その変化が秩父嶺以東十数里の野いっせいに行なわれて、春夏秋冬を通じ、霞に雨に月に風に霧に時雨に雪に、緑蔭に紅葉に、さまざまの光景を呈する。その妙はちょっと西国地方また東北の者には解しかねるのである。元来日本人はこれまで楢の類いの落葉林の美をあまり知らなかったようである。林といえばおもに松林のみが日本の文学美術の上に認められていて、歌にも楢林の奥で時雨を聞くというようなことは見あたらない。自分も西国に人となって少年の時学生として初めて東京に上ってから十年になるが、かかる落葉林の美を解するに至ったのは近来のことで、それも下の文章がおおいに自分を教えたのである：

秋九月中旬というころ、一日自分がさる樺の林の中に座していたことがあった。今朝から小雨が降りそそぎ、その晴れ間にはおりおり生ま煖かな日かげも射して、まことに気まぐれな空ら合い。あわあわしい白ら雲が空ら一面に棚引くかと思うと、フトまたあちこち瞬く間雲切れがして、むりに押し分けたような雲間から澄みて怜悧し気に見える人の眼のごとくに朗かに晴れた蒼空がのぞかれた。自分は座して、四顧して、そして耳を傾けていた。木の葉が頭上で幽かに戦いだが、その音を聞たばかりでも季節は知られた。それは春先する、おもしろそうな、笑うようなさざめきでもなく、夏のゆるやかなそよぎでもなく、永たらしい話し声でもなく、また末の秋のおどおどした、うそさぶそうなお饒舌りでもなかったが、ただようやく聞取れるか聞取れぬほどのしめやかな私語の声であった。そよ吹く風は忍ぶように木末を伝った。…

中国語訳：

据说以前的武藏野是一望无际的茅草原，其美丽举世无双，但今天的武藏野是一片树林。可以说这正是武藏野的特色。绵延秩父岭以东数十里的主要是楢树，冬天叶子落尽，春天新绿萌发，鲜艳欲滴。一年之中，或绿或红，或雨或风，或月或雪，或雾或霞，无时不在变幻光景。此种妙处是日本西部或东北地区的人领略不到的。本来日本人似乎并不青睐楢树这样的落叶树，说起树林，就只有松林被日本的文学美术所认同。和歌中也没有看到过听雨楢树林深处的句子。我出生在日本西部，少年时期因为求学初次来到东京，至今已经十年。但我理解落叶林之美也是最近的事。这还是拜以下这篇文章所赐呢：

九月中旬的一天，我独坐在那白桦林中。早上就下起了小雨，间或有温暖的阳光透出来，天空非常爽朗。松软的白云遮蔽了一大片天空，但随即被撕扯开，云间透出的，是与伶俐之人独有的双眼一样澄澈的晴朗天空。我静坐四顾，且听风吟。树叶在我的头顶悄悄地颤抖，由此透露出季节的消息。那并非是早春那满怀生机和笑意的喧闹；也不是长夏那慵懒的微动，或是如冗长谈话一样的沉闷；更不是晚秋那让人感到寒意和战栗的饶舌。那是似有若无一般娴静的私语。微风轻轻地拂过树梢。……

第六章　明治後期における文学（小説を中心に）

戦争前後の社会問題に対する関心の高まりは、明治31年、キリスト教徒の安部磯雄や片山潜らによる社会主義研究会の結成を招いた。また、下層貧民労働者の実態を報告した横山源之助の貧民ルポルタージュ『日本の下層社会』（明32）、『内地雑居後の日本』（同）も発表され、これらの動向に応じて、写実主義の系統を継ぐ文学者たちも、社会矛盾に関心を寄せた。広津柳浪の『変目伝』（明28）、『黒蜥蜴』（明28）、『今戸心中』（明29）、泉鏡花の『夜行巡査』（明28）、『外科室』（明28）、川上眉山の『書記官』（明28）、内田魯庵の『くれの廿八日』（明31）、木下尚江の『火の柱』（明37）、『良人の自白』（明37~39）がその代表的なものである。

1　明治40年代の日本社会

明37~38の戦時景気によって、日本の資本主義体制は飛躍的に発展した。しかし戦後の経済は恐慌状態をきたした。農村は疲弊し、中小企業の多くが倒産するなか、国家資本と結びついた財閥は独占支配体制をつよめ、一般市民の社会生活には不満が蓄積されることとなった。

資本主義社会の進展に応じて、労働者側もその体制の矛盾に目を向け、組織的な労働争議で対抗するようになった。明治時代のもっとも激烈な労働争議として知られる足尾銅山争議（明40）では坑夫の不満が爆発し、政府は足尾全山に戒厳令を敷き、軍隊の出動を要請して鎮圧した。また明治43年5月、明治天皇暗殺計画容疑で幸徳秋水ら26名の社会主義者を逮捕し、秘密裁判で24名を大逆罪で死刑（翌日12名は特赦）とし、残る二名を無期懲役とした。これにより社会主義運動は徹底的な壊滅に追い込まれることになった。大逆事件は文学者たちにもつよいショックを与え、それを題材にした多くの文学作品を生んだ。なかでも石川啄木の評論 『時代閉塞の現状』（明43）は、未来を奪われた現代青年の時代閉塞感を訴えている。

2 自然主義

2.1 ゾラと日本の自然主義文学

フランス自然主義作家エミール・ゾラの 『実験小説論』 の主張は、人間は遺伝と環境によって形成されるのであり、それを科学的実証精神に基づいて観察描写するというものであった。ゾラの思想は、明治30年代になって田山花袋・小杉天外・永井荷風らによって積極的に摂取され、その実作も様々に試みられた。フロイトの精神分析学説も日本の自然主義文学に大きく影響した。科学的理性によって人間個人の内面の事実、特に深層心理のありのままを客観的に描き出そうとする自然主義的やり方は、精神分析説に明らかに影響された。無理想、無解決、露骨な描写が一見して消極的に見えるが、告白によって個人を内面のコンプレックスと煩悩から解放させるという積極的な一面もある。

写実主義やロマン主義運動と違って、日本の自然主義運動は時間的にも長く、運動範囲も広いのである。ロマン主義の自我拡充の継承として、自我の確立をさらに求めるために写実描写を徹底させ、人間個人の追究や、文学も西欧風に近代化された面で、その後も日本文学の重要な底流となった。そのあまりにも直接的に人間個人内面の真実、特に言いづらい、醜い真実を告白する書き方は、作家をも読者をもどきどきさせる。また当時の中国人留学生にも大きな影響を与えた。

日本の自然主義運動が盛んに行われた原因は、西欧の科学理性、実験論や精神分析説の影響にあるだけではなく、日本文学の「まこと」と「物の哀れ」の伝統にもある。人情の機微と真実を眺め、感じ、かつ描く「誠」と「物の哀れ」という文学伝統は、『蜻蛉日記』『源氏物語』以来すでに日本文学の基調になり、近代の作家たちもそこから容易に逃れることができないのである。

日露戦争後島崎藤村の『破戒』（明39）と田山花袋の『蒲団』（明40）が発表される。この二つの作品は、日本における自然主義文学の本格的誕生を宣言した。被差別部落出身の青年教師の苦悩と社会的差別に対する戦いを描いた『破戒』と、中年作家の女弟子への恋慕を赤裸々に告白した『蒲団』とは、その社会性においては前者が勝っていたが、その後の文壇の潮流は、後者の顕著な、苦悩を誠実に直視し内面を洞察する、精神分析のような自己告白の文学の方向に向かい、やがて日本的な私小説のジャンルを派生させることになる。

島崎藤村はさらに自伝小説『春』（明41）『家』（明43~44）を発表し、また田山花袋は『生』（明41）、『妻』（明41~42）、『縁』（明43）の三部作を完成させて、自然主義文学の時代の到来を導いた。『早稲田文学』（明39再刊）を主宰する島村抱月や長谷川天渓ら評論家の支援もあって、自然主義文学運動は明治42~43年ごろに全盛期を迎える。正宗白鳥・徳田秋声・岩野泡鳴らも自然主義作家として活躍した。

2.2　漱石の自然主義文学論

夏目漱石が自然主義についてこう言ったことがある：「余裕のない極端になる。同時に眼前焦眉の事件以外何にも眼に入らなくなる。世界が一本筋になる。平面になる。寝返りもできない窮屈になる。なっても構わないが、それぱかりが小説になるという議論がどうしてできる。世の中は広い。広い世の中に住み方もいろいろある。その住み方の色々を随縁臨機に楽しむのも余裕である。観察するのも余裕である。味わうのも余裕である。これ等余裕を持ってはじめて生ずる事件なり事件に対する情緒なりはやはり依然として人生である。活発な人生である。描く価値もあるし、読む価値もある。」

漱石は、ロマン主義との比較を通して、一歩進んで日本の自然主義文学の欠点を指摘したことがある。「さてかく自然主義の道徳文学のために、自己改良の念が浅く向上渇仰の動機が薄くなるということは必ずあるに相違ない。これは慥に欠点であります。…日本の自然主義という言辞は甚だしく卑しむべきものになって来た。けれどもこれは間違である。自然主義はそんな非倫理的なものではない、自然主義そのものは日本の文学の一部に表われたようなものではなく、単に彼らはその欠点のみを示したのである。…人間の心の底に永久に、ローマン主義の英雄崇拝的情緒的傾向の存する限り、この心は永存するものであるが、それを全く無視して、人間の弱点ばかりを示すのは、文学としての真価を有するものでない、片輪な出来損いの芸術であります。」

2.3 島崎藤村

島崎藤村（1872~1944年）は、木曽の本陣・宗屋を兼ねる旧家の末子として生まれた。若くして東京へ遊学し、キリスト教をはじめとする西欧近代の洗礼を受けた。そうした生活の中から、文学への興味を芽生え、北村透谷らと『文学界』を創刊し、文学的出発を遂げた。『若菜集』（明30）に代表されるような、青春と恋愛を歌う抒情詩に彼の若き浪漫詩人としての真骨頂があった。藤村はその後、『千曲川のスケッチ』を経て、『破戒』により、小説家として新しい出発をする。透谷らとの交遊を題材にした『春』、没落する旧家を描いた『家』、姪との関係を告白した『新生』などの自伝的作品を発表し、自然主義文学を代表する作家となった。晩年父をモデルにした『夜明け前』を完成し、明治維新の激動に翻弄される人間の運命を描きだし、さらに『東方の門』の執筆にかかったが、未完に終わった。

2.3.1 『若菜集』

第一詩集。明治30年春陽堂刊。青春の激しい思いを情熱的に七五調で歌い上げた作品でありながら、恋愛や官能の悩み、自然や旅情、望郷や芸術への思いが歌われている。近代日本の浪漫詩の記念碑的作品である。

2.3.2 『破戒』

長編小説。明治39年『緑陰叢書』の第一編として自費出版した。日本の自然主義文学運動の出発を告げる作品でありながら、被差別部落問題に本格的に取り組んだ名作でもある。社会的問題を正面から取り上げると同時に、父の戒めを破ろうとする主人公の苦悩に、自己の芸術家としての苦悩を重ね合わせた。

あらすじ：被差別部落出身の青年教師瀬川丑松は、「生まれを隠せ」という父の教えを忠実に守ってきた。しかし理由なく差別されねばならない社会の不合理を憤るとともに、現実に差別されることの恐怖に悩み、自らの矛盾と卑屈を責める思いを深くする。やがて先輩の思想家猪子蓮太郎の生と死に触れ、丑松は決然として戒めを破り生徒たちの前で生い立ちを告白する。その後新しい人生を目指し、思慕するお志保に励まされ、新天地を求め、テキサスに旅立つ。

2.3.3 『春』

長編小説。明治41年『東京朝日新聞』に連載した。また『緑陰叢書』の第二編として自費出版した。藤村最初の自伝小説。関西放浪の旅を終えた藤村の苦悩と、透谷を中心とする若い芸術家たちの青春の日の交友を描いている。自然主義文学を代表する作品のひとつである。

あらすじ： 岸本は教えこの勝子との恋に破れ、酒や女におぼれて自殺まで考える。勝子は許嫁と結婚する。尊敬する友人青木が現実と理想の矛盾に破れて自殺し、勝子は病死する。そんな中で、岸本はひとり煩悶するが、「ああ、自分のようなものでも、どうかしていきたい」 と東北の学校に赴任していく。

2.3.4 『新生』

長編小説。大正7年 『東京朝日新聞』 に第一部の部分を連載した。続編を同8年同紙に連載した。小説の発表が、現実の事態に働いて一つの解決があり、それがまた小説に描かれるという自然主義の私小説の典型をつくった。

あらすじ： 岸本捨吉は、妻を亡くした後、残された子供たちとひっそり暮らしをしている。その孤独の中で、家に手伝いに来ていた姪の節子と関係ができてしまう。ある日節子は、捨吉に妊娠を告げる。苦悩した彼はフランスに逃げ出し、懺悔の日々を送る（第一部）。第一次大戦の戦火を追われ帰国した捨吉は、再び節子と関係を結ぶ。二人は不思議な愛で引き合っていた。捨吉は、自分たちの関係を新聞小説に書き、世間に告白する。節子は台湾の叔父のもとにさる（第二部）。

2.3.5 『夜明け前』

長編小説。昭和4年から10年まで 『中央公論』 に断続的に連載した。藤村の父島崎正樹をモデルに、父の生きた時代をとらえようと、馬篭宿に残っていた 『大黒屋日記』 や豊富な資料をもとに書かれた歴史小説である。藤村の晩年を飾る代表作というだけでなく、日本の近代文学の中でも屈指の傑作である。

あらすじ： 木曽馬篭宿にも黒船来航の影響が出始めていた。新しい激動の時代の中で、平田派の国学を信奉する青山半蔵は、新しい時代を期待し、農民たちのために努力しようとする（第一部）。明治維新が訪れ、世の中は一変した。半蔵の農民たちへの情熱は変わらないが、なぜか半蔵は農民から浮き上がり、戸長も免職となる。東京へ出たり、飛騨の山中で神官生活を送ったりするが、明治は自分の理想と違っている。馬篭に帰った彼は、失意のまま座敷牢で死ぬ（第二部）。

2.4　田山花袋

田山花袋（1871～1930年）は群馬県の生まれで、明治24年に尾崎紅葉の門下に入り、青春期の感傷と美しい自然を描いた紀行文や新体詩、小説をたくさん発表した。同34年、モーパッサンの小説に強い影響を受け、人間の本能や物質の欲望を赤裸々、大胆に描写することを主張し、『重右衛門の最後』（明35）を発表して多くの反響を得た。続いて、自己の体験をもとにした『蒲団』（明40）、自己の周辺に材を得た『生』（明41）『妻』（明41～42）『縁』（明43）の三部作、一青年の日記をもとにして描いた『田舎教師』（明42）などを次々に発表し、島崎藤村と並ぶ自然主義運動の代表的作家となった。ほかに評論として、『露骨な描写』（明37）や回想記『東京の拾年』（大6）などがあり、後者は明治の文化や文壇の貴重な資料となっている。

2.4.1　『蒲団』

中編小説。明治40年『新小説』に発表した。作家の竹中時雄は女弟子にほのかな好意を抱いている。芳子の恋愛に時雄は動揺し、また芳子の実家の反対もあって、芳子の恋愛は挫折し、彼女は小説家になることをあきらめて時雄のもとを去る。時雄は、芳子の部屋の押し入れから布団を取り出し、顔をうずめて芳子のにおいを嗅ぐ。竹中時雄のモデルは花袋、芳子のモデルは弟子の岡田美知代。中年作家の露骨な性欲やエゴイズムを赤裸々に告白するなど、その内面「さびしい生」を大胆に描き出し、当時の文壇に騒然たる反響を呼んだ。人間心理に対するこの大胆かつ赤裸々な描写には、フロイトの精神分析の影響がみられる。以後の日本の自然主義小説は、社会性を持つ島崎藤村の『破戒』の方向へではなく、この『蒲団』流の自己表白の文学として主流を形成していく。

2.5 作品撰読

2.5.1 島崎藤村 『破戒』

原文：しかし丑松が蓮太郎の書いたものを愛読するのは唯其丈の理由からでは無い。新しい思想家でもあり戦士でもある猪子蓮太郎といふ人物が穢多の中から産れたといふ事実は、丑松の心に深い感動を与へたので——まあ、丑松の積りでは、隠に先輩として慕つて居るのである。同じ人間であり乍ら、自分等ばかり其様に軽蔑される道理が無い、といふ烈しい意気込を持つやうになつたのも、実はこの先輩の感化であつた。斯ういふ訳から、蓮太郎の著述といへば必ず買つて読む。雑誌に名が出ると、必ず目を通す。読めば読む程丑松はこの先輩に手を引かれて、新しい世界の方へ連れて行かれるやうな気がした。穢多としての悲しい自覚はいつの間にか其頭を擡げたのである。

中国語訳：

但是丑松爱读莲太郎作品的原因不止如此，还因为，猪子莲太郎——这位新思想家、战士——出生于秽多这个事实深深感动着丑松的内心。当然，丑松原本只是想默默地仰慕这位前辈。他是在这位前辈的感化下才开始产生强烈的勇气，认为同样身为人类，没有理由自己这样的部落民就应该被歧视。因此，每当莲太郎有新书问世，丑松一定会买来读；每当杂志上有莲太郎的名字，就一定会阅览。读着读着，丑松觉得自己像是被这位前辈牵着手前往一个崭新的世界。身为秽多的悲哀的觉醒在不知不觉之间令他昂起了头颅。

2.5.2　田山花袋　『蒲団』

原文：　妻があり、子があり、世間があり、師弟の関係があればこそ敢て烈しい恋に落ちなかったが、語り合う胸の轟、相見る眼の光、その底には確かに凄じい暴風が潜んでいたのである。機会に遭遇しさえすれば、その底の暴風は忽ち勢を得て、妻子も世間も道徳も師弟の関係も一挙にして破れて了うであろうと思われた。少くとも男はそう信じていた。それであるのに、二三日来のこの出来事、これから考えると、女は確かにその感情を偽り売ったのだ。自分を欺いたのだと男は幾度も思った。けれど文学者だけに、この男は自ら自分の心理を客観するだけの余裕を有っていた。年若い女の心理は容易に判断し得られるものではない、かの温い嬉しい愛情は、単に女性特有の自然の発展で、美しく見えた眼の表情も、やさしく感じられた態度も都て無意識で、無意味で、自然の花が見る人に一種の慰藉を与えたようなものかも知れない。一歩を譲って女は自分を愛して恋していたとしても、自分は師、彼女は門弟、自分は妻あり子ある身、彼女は妙齢の美しい花、そこに互に意識の加わるのを如何ともすることは出来まい。いや、更に一歩を進めて、あの熱烈なる一封の手紙、陰に陽にその胸の悶を訴えて、丁度自然の力がこの身を圧迫するかのように、最後の情を伝えて来た時、その謎をこの身が解いて遣らなかった。女性のつつましやかな性として、その上に猶露わに迫って来ることがどうして出来よう。そういう心理から彼女は失望して、今回のような事を起したのかも知れぬ。

中国語訳：

自己是个膝下有子的有妇之夫，并且还是对方的师傅，不能不考虑世俗的影响，所以才没敢展开一番轰轰烈烈的爱情。但交谈时的心跳、对视时的目光中确实隐藏着风暴一般强烈的情感。只要有机会，这些情感的风暴就会迸发，把妻子、孩子、世俗、道德和师徒义理一举摧毁。至少，男方对此深信不疑。但从这两三天的情况来看，女方已经背叛了这感情。男方好几次都认为自己被欺骗了。但是作为一个作家，他还是能够冷静客观地分析自己的心理。女人心，海底针。年轻女子尤其如此。也许自己感受到的温情，那含情脉脉的眼神、温婉的态度，都只是身为女性者自然都会散发出来的，是无意识、无目的的，如同绽放着的花朵自然会给观赏者慰藉一样。退一步来说，若女方真的爱恋着自己，两人也是无论如何都不会成功的：自己是师傅，她是弟子；自己是膝下有子的有妇之夫，她是未婚的妙龄少女。若她更进一步地，迫于无法克服的情感而主动写一封热情洋溢的信向自己倾诉内心的苦闷，做出最后的表白，自己也是无法替她解除苦闷的。女人天性腼腆，如何能够露骨地采取主动？也许她正是怀着这样的心理感到了绝望，才发生了如今的事情。

3 余裕派

余裕派と言えば、夏目漱石と森鴎外しかありません。この二人はともに日本文学史上屈指できる巨匠である。彼らの文学創作は数が多いだけでなく、質も抜群に高い。

3.1 夏目漱石

本名夏目金之助の夏目漱石（1867~1916年）は維新一年前、江戸の町名主の家に生まれた。両親の高齢もあって、翌年塩原家に養子に出されたが、のち、養父母の不仲のため実家に戻った。14歳の時、二松学舎に転じて漢文学を学んだが、文明開化の時代には英学が適当と考え直し、第一高等中学に入学した。それから正岡子規と一緒に東京大学に進んだ。卒業後東京高等師範学校で教えたが、英文学と自分の考える文学との違いに悩んだ。明治33年、文部省から二年間のイギリス留学を命じられた。帰国後、一高・東京大学で教鞭をとるかたわら、高浜虚子の勧めで俳誌

『ホトトギス』に『吾輩は猫である』を連載した。同40年、朝日新聞社に入社した。以後、『坑夫』『三四郎』など青春を扱った作品を書いた。『それから』以降は作風を変え、エゴイズムを中心に据えるようになった。前期三部作の締めくくりとして『門』を書き終えた。そのころ文部省から文学博士号授与の内示があったが、辞退した。大正元年末からは『行人』に取り組んだが、神経衰弱が再発して、一時中断した。この作は主人公を死か狂か宗教かの選択においつめ、次作『こころ』では自殺させる。自伝的な『道草』のあと、「則天去私」の境地を描こうと『明暗』に挑んだが、死去により中絶した。

人間の実存を問い、鋭い文明批判を展開する漱石のもとには、彼を慕う多くの文学者たちが集まった。毎週木曜日を面会日と定めた自宅の「木曜会」に訪れたメンバーは、小宮豊隆・野上弥生子・安倍能成・阿部次郎・芥川龍之介・中勘助ら若い世代の小説家・批評家たちが多かった。漱石から人間的・文学的に影響を受け、それぞれ漱石を継承した文学者グループを「漱石山脈」と呼ぶ。

3.1.1 『吾輩は猫である』

長編小説。明治38年から39年まで『ホトトギス』に連載した。猫を主人公として、近代知識人の生活や思考を鋭く批判した作品である。

あらすじ：「吾輩」を救ってくれた中学教師苦沙弥先生は、訪れる美学者の迷亭、理学者寒月、哲学者東風たちと知的な駄弁を弄して暇つぶしをしている、仲の悪い実業家金田の娘と寒月の結婚話が破綻し、一同は喜ぶ。そのビールを飲んだ「吾輩」は水ガメに落ちて死ぬ。

3.1.2 『坊ちゃん』

中編小説。明治39年『ホトトギス』に発表した。漱石の松山中学時代の経験が素材となっている。江戸っ子気質の青年教師が周囲の愚劣な社会に立ち向かい、人間としての誠実さや純朴さを発揮するところに、漱石に正義感をうかがうことができる。

あらすじ： 四国の中学に赴任してきた「おれ」（坊ちゃん）は、狭い田舎の旧弊な社会になじめず、校長や教頭とも衝突して、彼らの俗悪で卑劣なやり方と戦う。

3.1.3 『草枕』

中編小説。明治39年『新小説』に発表した。「うつくしい感じが読者の頭に残りさえすればよい」という作者の話通り、人情に煩わされない夢幻的な「非人情」の世界を描いた作品である。

あらすじ： 旅に出た画工は、人間に対しても、芸術を見るような非人情の視点をもとうと考える。那古井の宿の娘の那美さんを絵にしようとするが、「あわれ」の情がないためうまくゆかない。しかし満州にさる元の夫と会った那美さんにその情が浮かんだ。

3.1.4 『三四郎』

長編小説。明治41年『朝日新聞』に連載した。近代的女性像や文明批評を含んだ、明治を代表する青春小説のひとつである。

あらすじ： 大学生として上京した小川三四郎は、激しく動く東京に驚き、不安になる。しかし同郷の先輩の野々宮や、広田先生、同級生与次郎と知り合い、人生に目覚めていく。また美しい美根子に惹かれていき、彼女も好意を示すが、結局美根子はほかの男と結婚してしまう。

3.1.5 『それから』

長編小説。明治42年『朝日新聞』に連載した。明治40年代の知識人の典型を描いた作品である。愛と罪というテーマを人間としての「自然」と世間の掟の対立という形で表現している。

あらすじ：長井代助は三年ぶりにあった友人平岡の妻三千代への愛を自覚した。彼女に好意を抱きつつ、かつてヒロイズムから平岡に譲ったのだった。現在の自分の生活の空しさから長井は三千代に愛を告白する。

3.1.6 『門』

中編小説。明治43年『朝日新聞』に連載した。友人の妻と結婚したという点で、前作『それから』の、その後の物語といえる。友人を裏切った主人公の罪の意識の行方を追った作品である。

あらすじ：友人の妻お米と結ばれた野中宗助はひっそり暮らしている。そこへお米の元の夫がやってくると聞いて不安になり、参禅のため山門に入る。しかし平安は得られず帰京する。幸い友人は再び遠くに去ったが、宗助は「またじき冬になるよ」という。

3.1.7 『行人』

長編小説。大正元年から2年まで『朝日新聞』に連載した。人間存在の不安と人間不信に悩みながら、容易に動けない知識人の孤独が描かれる。

あらすじ：長野一郎は妻を愛しつつ、妻の愛が信じ切れず、弟の二郎に妻との旅行を進める。二郎はやむなく引き受け、兄嫁の潔白を告げるが、それでも一郎は信じない。二郎は兄の親友Hに、兄と一緒に旅するように依頼する。Hからの長い手紙には兄の苦悩ぶりが切々と描かれていた。一郎の苦悩は、死か発狂か宗教か、そのいずれかを選択するしかない。

3.1.8 『こころ』

長編小説。大正3年 『朝日新聞』 に連載した。人間が持たざるを得ないエゴイズムの醜さと、それを救済するには死以外にはないとする、明治の知識人の苦悩が描かれている。

あらすじ： 学生の 「私」 が知り合った 「先生」 は学生時代、信頼する叔父に遺産を取られて人間不信に陥った。また、下宿の娘に恋したとき、親友を出し抜いてしまう。結婚の後も罪の意識に苛まれた 「先生」 は 「私」 に遺書を残して自殺する。

3.1.9 『明暗』

長編小説。大正5年 『朝日新聞』 に連載した。結婚半年足らずの若い夫婦の生活を描き、人間のエゴイズムを追求した作品である。「則天去私」 にその救済を求めたともいわれる。（未完）

あらすじ： 津田はかつて清子という女性から裏切られたという過去をもちつつ、お延と結婚した。お延は自意識が強い女性で、夫の過去に気付き始める。津田は清子と会い、過去を確認するため温泉場にいく。夜突然二人は出会い、清子は激しく動揺する。だが翌日清子は別人のような落着きを見せる。

3.2 森鴎外

本名森林太郎の森鴎外（1862~1922年）は藩の御典医の家に長男として生まれた。父は婿養子で性温和、鴎外に強い影響を与えたのは母であった。森家の長男としての自覚を持ち、立身出世と家名興隆を使命とした。幼時から学問にはげみ、藩校養老館では儒学を、父からはオランダ語を学んだ。明治5年、上京しドイツ語を学んだ。12歳で東京医学校予科に入学した。

卒業後両親の希望から陸軍にはいった。明治17年、留学生としてドイツに渡航、足かけ5年にわたって衛生学を学んだ。帰国後、留学中に知り合ったエリスというドイツ女性が鴎外を追って来日した。しかし森家の説得で帰国した。約 1 年後、鴎外は 『舞姫』 を書いた。

帰国後の鴎外は、落合直文らと新声社（S・S・S）を結成し、西欧詩の浪漫的雰囲気を伝える訳詩集 『於母影』 （明 22）を刊行した。小説では 『舞姫』 以下のドイツ三部作をした。一方、評論雑誌 『しがらみ草紙』 を創刊して多方面にわたる啓蒙的評論活動を展開した。

鴎外は明治 40 年、軍医としての最高の地位、陸軍軍医総監となった。42 年には雑誌 『スバル』 を発刊し、文学活動の場とした。一方、40 年から歌人を集めて自宅の名にちなんだ観潮楼歌会を始めた。代表的な作品は 『青年』『雁』 であるが、これらには西欧の近代的な個人主義と儒教的な忠孝との間にどう調和を図るかという課題が一貫している。

明治 45 年明治天皇の崩御と乃木大将夫妻の殉死に強い衝撃を受け、大正元年 『興津弥五右衛門の遺書』 を発表し、さらに 『阿部一族』 以下の歴史小説を書き継ぐ。しかし次第に歴史を改変する事を嫌い、史料そのままに記述する史伝へと移っていった。大正 5 年、陸軍を退官した。その後もいくつもの要職についた。9 年から病に伏しがちとなり、同 11 年死去した。

3. 2. 1 『於母影』

訳詩集。明治 22 年に刊行した。『新体詩抄』 （明 15）による新しい詩の試みを受け、それを発展させたものである。『文学界』 同人をはじめ、多くの青年に影響を与えた。なお、この印税で同年、評論誌 『しがらみ草紙』 を創刊した。

井上通泰・落合直文ら新声社同人との訳詩 17 編を収めている。ゲーテ・ハイネ・シェクスピア・バイロンなど、西欧の近代叙情詩を流麗典雅な言葉と形式に置き換えた。

3.2.2 『舞姫』

短編小説。明治23年 『国民の友』 に発表した。立身出世と愛情との間に揺れる青年の苦悩が雅文体で描かれている。作者の自伝的色彩が濃い。

あらすじ： 若き俊秀太田豊太郎はドイツ留学を命じられ、ドイツの大学の自由な雰囲気に触れ自我に目覚める。踊り子エリスと恋愛し、そのため免官される。やがて親友の尽力で帰国できるようになるが、そのことを親友から告げられたエリスは豊太郎に裏切られたと思い、発狂する。

3.2.3 『文づかい』

短編小説。明治24年 『新著百種』 に発表した。『舞姫』『うたかたの記』 とともに、ドイツ三部作と呼ばれる。結婚において血統や門閥を拒否し、自分の運命を主体的に選び取るヒロインの姿に、作者は自らの離婚を客観化している。

あらすじ： 伯爵の娘イイダには許嫁がいるが、気に入らない。人を傷つけずこの関係から抜け出すため、彼女は女官の道を選んだ。その依頼の手紙を預かったのは日本の士官小林。一応成功はしたが…

3.2.4 『雁』

長編小説。明治44年から大正2年まで 『スバル』 に連載した。整然とした構成で、作者の十分には燃焼しなかった青春の姿が定着されている。明治13年の東京下町の人情や風俗が描きこまれ、完成度の高い現代小説となっている。

あらすじ： 医学生である岡田は散歩の途中で高利貸の愛人お玉と知り合う。お玉は次第に岡田に惹かれ始めるが、運命の偶然は二人を結び合わせることなく、岡田はドイツへ留学する。

3.2.5 『阿部一族』

短編小説。大正2年 『中央公論』 に発表した。『興津弥五右衛門の遺書』 に続く作者二番目の歴史小説。これも乃木大将夫妻の殉死に触発されて書いた。殉死という封建時代のモラルが形骸化した点を批判的に描いている。

あらすじ： 肥後藩主細川忠利の死後、殉死を許されなかった阿部弥一右衛門だが、周囲の侮蔑に耐えられず切腹した。しかし逆にそれを咎められる。遺族は屋敷に立てこもり、討死にする。

3.2.6 『山椒大夫』

短編小説。大正4年 『中央公論』 に発表した。『山椒大夫』 伝説を典拠にしているが、残酷性を薄めている。運命に甘んじて、そこへ自分を没入させることでかえって生かされるというテーマを盛った、歴史をそのまま描くのではない、いわゆる 「歴史離れ」 の作品である。

あらすじ： 父を訪ねるため、母と故郷を出た安寿と厨子王の姉弟は、人買いに欺かれ、母と別々に売られてしまう。姉の犠牲で弟は逃げ出世して、母と再会する。

3.2.7 『高瀬舟』

短編小説。大正5年 『中央公論』 に発表した。「足るを知る」 というあり方への憧憬と、安楽死は罪か否かという問いかけが込められている。また作者の、権威に対する疑問の思いも考えられる。

あらすじ： 庄兵衛は、弟殺しの罪で遠島流放になる喜助を高瀬舟に乗せて護送する。自殺を図って苦しむ弟に喜助が手を貸し死なせてやったことが罪かどうかと、庄兵衛は疑い始める。

3.2.8 『寒山拾得』

短編小説。大正5年 『新小説』 に発表した。作者自身の過去半生における公と私、芸術と実生活という二元的な有様、また傍観者として身を律したことに対する自己批判を込めた作品である。権威を超えるものとして「道」を置いた。

あらすじ：官吏閭丘胤は頭痛を法力で直してくれた僧によって、道への尊敬を抱いた。任地の寺で二人の貧相な僧に恭しく礼拝すると、二人は哄笑して逃げてしまった。

3.2.9 『渋江抽斎』

史伝。大正5年『東京日日新聞』『大阪毎日新聞』に連載した。医者であって官に仕え、考証学者でもあった渋江抽斎に深く共感し、伝記を克明に記した。用不用を問わず学問にはげむ姿、言行一致の在り方などに、現代では失われた儒教的倫理による調和のとれた世界が描き出されている。近代的な自我の主張でなく、克己と献身の美しさが目立っている。

あらすじ：作者は武鑑収集中に自分とよく似た渋江抽斎に関心を持ち、その子保とであう。彼から資料の提供をうけ、その筆は子孫・親戚のことにまで及んだ。

3.3 作品撰読

3.3.1 夏目漱石 『草枕』

原文：山路を登りながら、こう考えた。

智に働けば角が立つ。情に棹させば流される。意地を通せば窮屈だ。とかくに人の世は住みにくい。

住みにくさが高じると、安い所へ引き越したくなる。どこへ越しても住みにくいと悟った時、詩が生れて、画が出来る。

人の世を作ったものは神でもなければ鬼でもない。やはり向う三軒両隣りにちらちらするただの人である。ただの人が作った人の世が住みにくいからとて、越す国はあるまい。あれば人でなしの国へ行くばかりだ。人でなしの国は人の世よりもなお住みにくかろう。

越す事のならぬ世が住みにくければ、住みにくい所をどれほどか、寛容て、束の間の命を、束の間でも住みよくせねばならぬ。ここに詩人という天職が出来て、ここに画家という使命が降る。あらゆる芸術の士は人の世を長閑にし、人の心を豊かにするが故に尊とい。

中国語訳：

我一边爬山，一边这样想。

人凭仗聪明就会产生龃龉；感情用事就会被掣肘；主张自我就会碰壁。总之处世不容易。

实在无法安适地生活，人就会想要搬家；一旦领悟了无论搬到哪里都是一样的不容易，就会吟出诗、作出画。

创造出世间的并非鬼神，而是时隐时现于前后左右的普通人。如果在普通人创造的世间不能安适度日，那么能够搬到哪里去？如果有的话就是非人类的国度了。但那里一定会更加不容易吧？

若在没法搬走的世间不能安居，那么只能或多或少地宽大胸怀，为短暂的生命谋求短暂的安居。于是产生了属于诗人的天赋、属于画家的使命。所有的艺术家都因为丰富了人们的内心、让人们感到闲适而受到尊敬。

3.3.2　森鴎外　『高瀬舟縁起』

原文：　私はこれを読んで、その中に二つの大きい問題が含まれていると思った。一つは財産というものの観念である。銭を持ったことのない人の銭を持った喜びは、銭の多少には関せない。人の欲には限りがないから、銭を持ってみると、いくらあればよいという限界は見いだされないのである。二百文を財産として喜んだのがおもしろい。今一つは死にかかっていて死なれずに苦しんでいる人を、死なせてやるという事である。人を死なせてやれば、すなわち殺すということになる。どんな場合にも人を殺してはならない。『翁草』にも、教えのない民だから、悪意がないのに人殺しになったというような、批評のことばがあったように記憶する。しかしこれはそう容易に杓子定木で決してしまわれる問題ではない。ここに病人があって死に瀕して苦しんでいる。それを救う手段は全くない。そばからその苦しむのを見ている人はどう思うであろうか。たとい教えのある人でも、どうせ死ななくてはならぬものなら、あの苦しみを長くさせておかずに、早く死なせてやりたいという情は必ず起こる。ここに麻酔薬を与えてよいか悪いかという疑いが生ずるのである。その薬は致死量でないにしても、薬を与えれば、多少死期を早くするかもしれない。それゆえやらずにおいて苦しませていなくてはならない。従来の道徳は苦しませておけと命じている。しかし医学社会には、これを非とする論がある。すなわち死に瀕して苦しむものがあったら、らくに死なせて、その苦を救ってやるがいいというのである。これをユウタナジイという。

中国語訳：

我读完之后，认为这篇文章讲了两个问题。一个是有关财产的问题。没钱的人一旦有钱，不论钱多钱少都会感到喜悦。人的欲望没有止境，即使有钱了，还是会想要拥有更多。因此为了200文而欣喜不已很有意思。另一个问题是有关安乐死的。让人死去，即是杀人。而杀人是无论何时都不被允许的。我记得在《翁草》中，也批评了那种没有恶意的杀人，认为是没有教养之人的行为。但是安乐死实际上不能这样一概论之。如果有人生病要死了，没有可以救他的方法，目睹此景的人会作何想？即便是有教养之人，也必定会产生提前结束其痛苦的想法吧？我想提个问题，即是否应该给病人麻醉以缓解痛苦？虽然麻醉不会致死，但若给药，就会有可能提前病人的死期。但不能因此任其痛苦吧？从前的道德观让我们任由病人痛苦以苟延残喘。但在医学领域，有反对的意见，认为提前结束病人的痛苦，让其安乐迎接死亡比较好。这就是安乐死。

3.3.3　森鴎外　『山椒大夫』

原文：　正道はうっとりとなって、この詞に聞き惚れた。そのうち臓腑が煮え返るようになって、獣めいた叫びが口から出ようとするのを、歯を食いしばってこらえた。たちまち正道は縛られた縄が解けたように垣のうちへ駆け込んだ。そして足には粟の穂を踏み散らしつつ、女の前に俯伏した。右の手には守本尊を捧げ持って、俯伏したときに、それを額に押し当てていた。

女は雀でない、大きいものが粟をあらしに来たのを知った。そしていつもの詞を唱えやめて、見えぬ目でじっと前を見た。そのとき干した貝が水にほとびるように、両方の目に潤いが出た。女は目があいた。

「厨子王」　という叫びが女の口から出た。二人はぴったり抱き合った。

中国語訳：

正道被这歌声吸引住了，凝神听那歌词。他听着听着，五脏六腑像是沸腾了一样，几乎要发出野兽一样的叫喊，却咬紧牙关拼命忍耐。随即像从绑缚着自己的绳索中解放出来一样，不顾一切地飞奔进院内，把地上的粟穗都踩乱了。他匍匐在女人面前，右手举着守本尊菩萨像，抵着女人的额头。

女人感觉到把粟穗弄乱的不是麻雀，而是一个大人。她停止唱那首歌，抬起早已失明的眼睛望着前方。随即两眼湿润了，如同干枯的贝中迸出了水花。她张开双眼，口中喊道：“厨子王。”两人紧紧抱在了一起。

4　耽美派

石川啄木・木下杢太郎らは、『明星』が百号で廃刊したのを機に、新しい耽美派の雑誌　『スバル』　を創刊した（明42）。森鴎外の支援も受けて、耽美派文学の活躍の場を提供した。耽美派文学にたいして木下杢太郎がこう言ったことがある：ヨーロッパの芸術様式を利用して、日本的趣を発揮するのが日本の耽美派文学である。

また、『三田文学』（明43創刊）は、東京三田の慶応義塾大学文学科の『早稲田文学』が自然主義文学の牙城となっていたことに対抗して創刊された。文学科教授兼三田文学主幹としてフランス帰りの永井荷風を迎え、森鴎外や上田敏を文学科顧問として、文学運動を展開した。

耽美派作家である永井荷風、佐藤春夫、谷崎潤一郎はみんな長生きな作家で、創作活動も戦後まで長く続いている。

4.1 永井荷風

永井荷風（1879~1959年）は東京都の生まれである。父は文部省の役人などを務める高官で、荷風は良家の子弟として裕福な少年期を送った。明治31年、彼は広津柳浪に入門し小説修行を始めた。同34年暁星学校の夜学に入り、フランス語を学んだ。

明治36年、父は荷風を実業家にしようと渡米留学させた。その間、彼は銀行に勤め、4年後フランスにもわたる。そこで西洋の個人主義と自由を尊ぶ精神に触れ、その体験から『フランス物語』（明42）が生まれた。

帰国後、大逆事件を批判できなかった彼は、自己を恥じて江戸の戯作者に習い、思想・政治に背を向けて江戸文化の雰囲気が残る花柳界を描き始めた。『新橋夜話』（大元）『腕くらべ』（大6）などがそれである。また大正6年から昭和34年の死の前日まで書き続けられた日記『断腸亭日乗』には、独居の孤独な生活に支えられた反俗精神が見られる。遠藤周作はこの『断腸亭日乗』を「日本日記文学の最高峰」と評価した。荷風の独身を貫く隠者的な生き方は、死に至るまで変わらなかった。

4.1.1　『腕くらべ』

長編小説。大正5年から6年まで『文明』に発表した。荷風中期の代表作である。新橋の芸者駒代、実業家吉岡や芸者力次、女形役者瀬川の金と色慾の世界を描く。濃艶な描写と功利主義批判で注目を浴びた。

4.1.2　『墨東綺譚』

長編小説。昭和12年岩波書店刊。主人公と遊女との交遊を細やかに描いた名作である。

あらすじ：小説家大江は、小説の腹案を練りながら、玉の井の情趣を味わい、季節は夏から秋に向かっていくが、作家はお雪から身を引く。

4.2　佐藤春夫

佐藤春夫（1892~1964年）は和歌山県の生まれで、中学時代から放縦で文学好きの少年であり、文芸誌『スバル』に詩歌を投じたりした。明治43年、同校を卒業し永井荷風を慕って慶応大学文学部予科に入学する。また生田長江に師事し、与謝野鉄幹の東京新誌社に入った。学生時代から多くの詩や評論を発表し、大逆事件を批判する姿勢も示した。

大正6年、『西班牙犬の家』『病める薔薇』を発表し、新進作家として認められる。のち、『病める薔薇』を補充して『田園の憂鬱』と、その姉妹作『都会の憂鬱』（大11）を発表し作家的地位を確立した。この間谷崎潤一郎と親交を持ち影響しあった。そして谷崎夫人千代と恋愛し、一時それを認めた谷崎の翻意のために谷崎と絶交することになる。その傷心の中で詩集『殉情詩集』（大10）がうまれた。

大正15年、評論・随筆集『退屈読本』を刊行したが、この中の評論は、鋭敏かつ柔軟、聡明で、大正期の屈指の評論といわれる。戦後、『晶子曼荼羅』、『小説智恵子抄』など、交流のあった文人の伝記小説などを書く。昭和35年文化勲章を受章した。

4.2.1 『田園の憂鬱』

中編小説。大正8年新潮社刊。自然や自然現象が、無為と倦怠の憂鬱な日々を送る主人公の心象風景として描かれている。全編散文詩といわれる。都会生活に疲れた「彼」は田園に清新な自然を求めてきた。ある日、あばらやに本来の成長を遂げられないでいる薔薇を見つけ、その花を開かせようとする。季節が春から夏秋へと推移し、花をつけるが、それは無数の虫に蝕まれていた。この病める薔薇こそ彼自身の姿に他ならなかった。

4.3 谷崎潤一郎

谷崎潤一郎（1886~1965年）は東京都の生まれである。気のつよい母と気弱な父を持ったことが、のちの谷崎に大きな影響を及ぼした。中学時代には秀才として知られた。のち東京大学に進んで、小山内薫らと第二次『新思潮』を創刊し、『刺青』などを発表した。当時の自然主義にはない、物語性と華麗な文体が注目される。

関東大震災後、彼は関西に移り住み、日本語の伝統的な美しさを活かして、新しい風俗を描くようになった。また夫人との離婚、夫人と佐藤春夫との結婚は世間をにぎわせた。その後も緻密な構成、洗練された文章など、古典的な風俗をたたえた名作を続々と生み出し、大家としての地位を確立した。

戦後は京都にすみ、『細雪』によって多くの褒美を得た。70歳をこえて『鍵』『瘋癲老人日記』など老人の性を描いて衰えぬ筆力を示した。

4.3.1 『刺青』

短編小説。明治43年『新思潮』に発表した。第一作であり出世作でもある。女性讃美・倒錯的美への陶酔など、谷崎文学の多くの要素が含まれている。

あらすじ：刺青師清吉の夢は美女の肌に魂を彫りこむことであった。ある年理想の女を見つけ、麻酔薬をかがせてその背中に女郎蜘蛛を彫った。やがて女は高慢な悪女として世界に燦然として輝く存在に変身した。

4.3.2 『春琴抄』

中編小説。昭和8年『中央公論』に発表した。女性讃美とマゾヒズムという谷崎文学の特徴が見事な文章で描き出された名作である。発表当時から絶賛された。

あらすじ：大阪商人の娘春琴は、幼児期に失明したが、才色兼備であり、とくに琴に優れていた。稽古に付き添う丁稚の佐助は献身的につくした。ある夜、何者かが春琴の顔に熱湯をかけた。佐助は自らも失明し、献身を続ける。

4.3.3 『細雪』

長編小説。昭和18年に『中央公論』、昭和22年から23年まで『婦人公論』に連載した。関西の典型的なブルジョア家庭を描いて、日本の美しい伝統と文化を絵巻物のように展開した。

あらすじ：大阪の旧家蒔岡家の四人姉妹のうち、三女の雪子は美しいのに縁遠い。次々と持ち込まれる縁談を断り続け月日が経つ。花見・蛍狩などの年中行事を背景に、5年後、ようやく結婚が決まる。

4.4　作品撰読

4.4.1　永井荷風『断腸亭日乗』

原文：正月二日。

曇りてさむし。午頃起出で表通の銭湯に入る。午後墓参に赴かむとせしが、悪寒を覚えし故再び臥す。夕刻灸師来る。夜半八重福春着裾模様のまゝにて来り宿す。余始めて此妓を見たりし時には、唯おとなしやかなる女とのみ、別に心づくところもなかりしが、此夜燈下につくづくその風姿を見るに、眼尻口元どこともなく当年の翁家富枩に似たる処あり。撫肩にて弱弱しく見ゆる処凄艶寧富松にまさりたり。早朝八重福帰りし後、枕上頻に旧事を追懐す。睡より覚むれば日既に高し。

正月三日。

快晴稍暖なり。午後雑司谷に徃き先考の墓を拝す。去月売宅の際植木屋に命じ、墓畔に移し植えたる蝋梅を見るに花開かず。移植の時節よろしからず枯れしなるべし。夕刻帰宅。草訣辨疑を写す。夜半八重福来り宿す。

中国語訳：

正月初二。

阴天，寒冷。睡至中午，然后去了大路上的那家浴室。下午本想去墓地拜祭，却因身体发冷而再次卧床。傍晚针灸师前来。夜半时分，八重福穿着颇有春意的和服来陪宿。初见她时，只是觉得温婉可人，并不特别加以注意。但今夜在灯下细细观其风姿，觉得她眼梢嘴角都有当年翁家富松的韵味。溜肩如弱柳扶风，凄艳处犹胜富松。早上八重福回去之后，我在枕上频频追想往事。睡至日高人起。

正月初三。

快晴稍暖。午后去杂司谷拜祭先考。上月售屋时请花匠移植在墓地旁的腊梅没有开花。许是因为移植时机不当而枯死。傍晚归家。抄写草诀辨疑。夜半八重福前来陪宿。

4.4.2　谷崎潤一郎　『細雪』

原文：　あの、神門を入って大極殿を正面に見、西の廻廊から神苑に第一歩を踏みいれたところにある数株の紅枝垂、——海外にまでその美を歌われているという名木の桜が、今年はどんな風であろうか、もう遅くはないであろうかと気を揉みながら、毎年廻廊の門をくぐるまではあやしく胸をときめかすのであるが、今年も同じやうな思いで門をくぐった彼女たちは、たちまち夕空に広がっている紅の雲を仰ぎ見ると、皆が一様に、『あー』と、感嘆の声を放った。この一瞬こそ、二日間の行事の頂点であり、この一瞬の喜びこそ、去年の春が暮れて以来一年にわたって待ち続けていたものなのである。

中国語訳：

神门后面正对着大极殿、从西边回廊进入神苑的入口处的那几株红色垂樱——这是其美丽早已蜚声海外的樱之名木——今年风姿如何？会不会来晚了错过了花期？她们每年在穿过回廊的时候都会浮想联翩，惴惴不安。今年也是如此。当她们跨出回廊，看到遮蔽住傍晚天空的那片红云，不由得齐声感叹，“啊——”这一瞬间就是这两天花事的顶点。这一瞬间的喜悦，正是从去年春天以来持续了整整一年所等待的。

4.4.3　谷崎潤一郎　『春琴抄』

原文：　春松検校が弟子に稽古をつける部屋は奥の中二階にあったので佐助は番が回ってくると春琴を導いて段梯子を上り検校と差向いの席に直らせて琴なり三味線なりをその前に置き、一旦控え室へ下って稽古の終わるのをまち再び迎えに行くのであるが待っている間ももう済む頃かと油断なく耳を立てていて済んだら呼ばれない中に直ちに立っていくようにした。されば春琴の習っている音曲が自然と耳につくようになるのも道理である。佐助の音楽趣味はかくして養われたのであった。後年一流の大家になった人であるから生まれつきの才能もあったろうけれどももし春琴に仕える機会をあたえられずまた何かにつけて彼女に同化しようとする熱烈な愛情がなかったならば、恐らく佐助は鵙屋の暖簾を分けてもらい一介の薬種商として平凡に世を終わったであろう。後年盲目となり検校の位を称してからも常に自分の技は遠く春琴に及ばずと為し全くお師匠様の啓発によってここまで来たのであると言っていた。春琴を九天の高さに持ち上げ百歩も二百歩も謙っていた佐助であるからかかる言葉をそのまま受け取るわけにはいかないが、技の優劣はとにかくとして春琴の方がより天才肌であり佐助は刻苦精励する努力家であったことだけは間違いがあるまい。

中国語訳：

春松检校教琴的房间在里屋的二楼。轮到春琴时佐助会带春琴上楼梯，然后安排她在正对春松检校的位子坐下，在她面前放下琴、三味弦等，然后下到等候室，直到春琴学琴结束再上来接。他凝神听那琴声，判断是否将要下课。一旦下课，不待叫自己就马上起身前往迎接。因此对春琴的练习曲目自然耳熟能详。佐助对于音乐的领悟就是这样养成的。他后来成为一流的大家，可能是有些天赋。但若没有服侍春琴的机会，以及怀有强烈的想与之同化的爱情，恐怕只会是鵙屋旗下一介药商，平凡度日而已。佐助后来双目失明并获得检校之位，但他总是宣称自己的琴艺远不及春琴，自己有今日成就全靠师傅启发。他总是把春琴捧上九天，把自己贬到百步开外，所以其言不能尽信。但不管琴艺优劣与否，春琴更具天赋，而佐助是通过刻苦努力才有成就却是无疑。

4.4.4　谷崎潤一郎　『春琴抄』

原文：天鼓のごとき名鳥の囀るを聞けば、居ながらにして幽邃閑寂なる山峡の風趣を偲び、渓流の響の潺湲たるも尾の上の桜の靉靆たるもことごとく心眼心耳に浮び来り、花も霞もその声の裡に備わりて身は紅塵万丈の都門にあるを忘るべし。

中国語訳：听着天鼓的歌声，不出家门就能感受幽邃闲寂的山谷风情、听到山间溪流的潺湲之声，樱花在枝头的叆叇娇媚、如云如霞都随歌声浮现在眉间心上，让人忘却红尘，忘记身在都门。

4.4.5　谷崎潤一郎　『陰翳礼賛』

原文：　中国人はまた玉と云う石を愛するが、あの、妙に薄濁りのした、幾百年もの古い空気が一つに凝結したような、奥の奥の方までどろんとした鈍い光りを含む石のかたまりに魅力を感ずるのは、われわれ東洋人だけではないであろうか。ルビーやエメラルドのような色彩があるのでもなければ、金剛石のような輝きがあるのでもないあゝ云う石の何処に愛着を覚えるのか、私たちにもよく分らないが、しかしあのどんよりした肌を見ると、いかにも中国の石らしい気がし、長い過去を持つ中国文明の滓があの厚みのある濁りの中に堆積しているように思われ、中国人があ云う色沢や物質を嗜好するのに不思議はないと云うことだけは、頷ける。水晶などにしても、近頃は智利から沢山輸入されるが、日本の水晶に比べると、智利のはあまりきれいに透きとおり過ぎている。昔からある甲州産の水晶と云うものは、透明の中にも、全体にほんのりとした曇りがあって、もっと重々しい感じがするし、草入り水晶などと云って、奥の方に不透明な固形物の混入しているのを、寧ろわれわれは喜ぶのである。

中国語訳：

中国人也喜欢玉石那混沌之美。玉石那宛如凝结了数百年的古老空气一般的混沌深处，似乎包含着微弱的光线。会被玉石的这种混沌氤氲之美吸引的，恐怕只有我们东方人吧？玉石既没有红宝石、绿宝石那样的艳丽色彩，也没有钻石那样的光芒，它究竟魅力何在，虽然我们也不是非常了解，但望着玉石那浑厚氤氲的肌理，会让人觉得似乎中国古老悠久的文明就沉积在其中，难怪中国人会喜欢那样的光泽和质感。另外说到水晶的话，虽然最近有从智利进口的水晶，但是与日本本土的水晶相比，智利产的太过透明。从古至今，甲州产的水晶都会在透明之中包含微微的模糊，从而更有质感。我们更喜欢这样内部含有不透明固状物的草水晶。

第七章　大正期の文学（小説を中心に）

1　白樺派

雑誌『白樺』に結集した同人の多くは学習院出身の文学青年であった。自然主義の作家は地方出身の青年が多く、その文学も都会生活の苦労や暗黒面を描く傾向が強かった。耽美派の文学も、その裏返し的な要素がある中で、白樺派の裕福な知識青年の文学は、そのいずれとも違った強固な自我信奉と人道主義的な理想主義の姿勢に支えられていた。のちに芥川龍之介は武者小路実篤ら白樺派の出現を回想して、「文壇の天窓を開け放つ」ような爽快感を覚えたと語っている。

白樺派を代表する作家には、『おめでたき人』（明44）『友情』（大8）などの小説を発表し、またトルストイの人道主義に基づいて農村生活共同体『新しき村』の建設に取り組んだ武者小路実篤、小説『生まれいずる悩み』（大7）『ある女』（大8）や、評論『おしみなく愛は奪う』（大6）で知られる有島武郎、短編『城の崎にて』（大6）『小僧の神様』（大9）や自伝的長編『暗夜行路』（大10~昭12）を書き継いだ志賀直哉らがいる。彼らは、生活に対して無理想、無解決でいる自然主義作家たちと違って、絶えず新しくて明るい境地を追求する。また、理想主義と個人主義を実践しながら、個性の尊さと命の力を信じ、平凡なる美と醜に潜んでいる個人独特の存在性を探る。

1.1　武者小路実篤

武者小路実篤（1885~1976年）は東京都の生まれで子爵の家柄である。少年期からトルストイの人道主義の文学へ深い傾倒を見せ、基本的な部分での影響は終生続いた。彼は学習院を経て、東京大学文学部社会学科中退したが、学習院時代からの友人志賀直哉・木下利玄らと回覧雑誌をはじめ、里見惇・柳宗悦・有島武郎などを加えて、雑誌『白樺』（明43）を創刊した。実篤は、個性を伸長することが社会と矛盾しないという、ある意味で楽天的とも見える信念を掲げ、『「それから」について』（明43）などの評論や、『その妹』（大5）などの戯曲も執筆した。大正7年には、その理想を実現するために「あたらしき村」を設立し、労働と芸術の一致を図るという壮大な試みを始めた。結局、この試みは失敗するが、さまざまな分野で大きな影響を与えた。

1.1.1 『おめでたき人』

長編小説。明治44年洛陽堂刊。「自分」が主人公の私小説である。近所の女学生への片思いの一途な恋情をストレートに描いている。

1.1.2 『友情』

長編小説。大正8年『大阪毎日新聞』に連載した。大正9年以文社刊。脚本家野島と友人の小説家大宮が、杉子という女性への愛を争う物語である。二人とも卑俗を嫌い、功利を排し、純粋に友情に生きようとする。三人の心理は立体的に描かれ、手紙のスタイルも効果がある。

1.2　有島武郎

有島武郎（1878~1923年）は東京都の生まれで、弟に有島生馬・里見惇がいる。父は大蔵省の役人で、のちに実業界に入り財をなした。武郎は長男として欧米風の教育と儒教風の家庭教育を受け、学習院時代は、品行学力とも優れていた。卒業後は農業を志し、札幌農学校に入学する。そこで新渡戸稲造の教えを受けた。また内村鑑三の影響を受け、キリスト教に入信する。

明治36年から3年あまりアメリカに留学した。他方西洋近代の文学や思想に耽溺し、社会主義に関心を抱く。帰国した明治40年、母校（現北海道大学）の英語教師として赴任した。雑誌『白樺』に同人として参加し、32歳で本格的な作家活動を始めた。作品に『かんかん虫』などがある。

大正5年、妻と父を亡くしたが、作家としては最も充実した時期に入る。母を失った子供たちへの念願を語った『小さき者へ』、労働と芸術を描く『生まれいずる悩み』、『ある女』などの小説や『おしみなく愛は奪う』などの評論を発表した。

大正11年、ブルジョワ階級である自己を否定し、北海道の農場を開放したりしたが、現実と理想の矛盾の中で、翌年、婦人記者の波多野秋子と心中自殺した。

1.2.1 『ある女』

長編小説。明治44年~大正2年『白樺』に連載した。改作加筆して前後編を大正8年叢文閣刊。国木田独歩と佐々木信子をモデルにしている。結婚を決められ渡米する船中で、船の事務長と恋におち日本へ戻る女性の生涯を描く。

1.3 志賀直哉

志賀直哉（1883~1971年）は父直温、母銀の次男として、宮城県に生まれた。ただし、長男は夭折しており、実質的には、志賀家の長男として、東京で生活した。

18歳の時、内村鑑三を知り、強い影響を受ける。また翌年足尾鉱毒事件を知り、現地視察を計画するが、父の反対に遭い断念した。この時期の直哉は、内村鑑三から学んだキリスト教的潔癖主義と性欲の問題に悩み、初期作品の重要なテーマとなる。また、父との不仲も『和解』（大6）に描かれる形で気持ちが通じ合うまで、長い間直哉を苦しめた。

明治43年、武者小路実篤ら、学習院の仲間と雑誌『白樺』を創刊し、作家活動に入る。その特徴は自己の感覚や倫理観への一貫した信頼と描写の的確さにあり、近代リアリズムの頂点を極めた作家として、「小説の神様」とも称される。

1.3.1 『城の崎にて』

短編小説。大正6年『白樺』に発表した。

あらすじ：「自分」は山の手線の電車にはねられて怪我をし、のち養生に城崎温泉に来る。そこで、蜂の死骸や、殺されかかっているネズミや、偶然「自分」の投げた石があたって死ぬいもりの姿などを見て、生と死を分ける運命の偶然に思いを凝らす。

1.3.2 『小僧の神様』

短編小説。大正9年『白樺』に発表した。

あらすじ：秤屋の小僧仙吉は、番頭たちの話す寿司が食べたかった。そのことを偶然知った貴族院議員は、自分の素性がわからないようにして仙吉に寿司を食べさせてやる。

1.3.3 『暗夜行路』

長編小説。前編は大正10年『改造』に連載したが、後編は大正11年~昭和12年、『改造』に断続的に連載した。直哉の唯一の長編小説で、作者自身の人間的成長を、時任謙作という虚構人物を通して描く。

あらすじ：父の洋行中に母と祖父の間に生まれた謙作は、その過酷な運命を抱えて彷徨する。それを乗り越えて結婚に至るが、その妻が自分の旅行中従兄と過失を犯してしまう。謙作は苦しみの中で伯耆の大山にこもる。大山に登山中、大自然の中で精神も肉体も溶け込んでいくように感じる。

1.4 作品撰読

1.4.1 志賀直哉 『暗夜行路』

原文： 彼は自分の精神も肉体も、今、この大きな自然の中に溶け込んでいくのを感じた。大きな自然に溶け込むこの感じは彼にとって必ずしもはじめての経験ではないが、この陶酔感は初めての経験であった。これまでの場合では溶け込むというよりも、それに吸い込まれる感じで、ある快感はあっても、同時にそれに抵抗しようとする意志も自然に起こるような性質もあるものだった。しかも抵抗し難い感じから不安をも感ずるのであったが、今のは全くそれとは別だった。彼にはそれに抵抗しようとする気持ちは全くなかった。そしてなるがままに溶け込んでいく快感だけが、何の不安もなく感ぜられるのであった。

中国語訳:

他感到自己的精神和肉体如今融化在这广袤的大自然之中。融入广袤的大自然的感觉对他而言，绝对不是第一次，但是这种陶醉感却是初次体验到。在此之前，与其说是融入，不如说是被吸入大自然，尽管有某种快感，但同时有一种想与之抵抗的意志也油然而生。而且感觉这种抵抗感很无力，因此会感到一种不安，但是这次却完全不同，完全没有与之抵抗的意志，只有全身心的陶醉所带来的快感被非常平静地感觉到。

1.4.2 有島武郎 『生まれいずる悩み』

原文： 私は自分の仕事を神聖なものにしようとしていた。ねじ曲がろうとする自分の心をひっぱたいて、できるだけ伸び伸びしたまっすぐな明るい世界に出て、そこに自分の芸術の宮殿を築き上げようともがいていた。それは私にとってどれほど喜ばしい事だったろう。と同時にどれほど苦しい事だったろう。私の心の奥底には確かに——すべての人の心の奥底にあるのと同様な——火が燃えてはいたけれども、その火を燻らそうとする塵芥の堆積はまたひどいものだった。かきのけてもかきのけても容易に火の燃え立って来ないような瞬間には私はみじめだった。私は、机の向こうに開かれた窓から、冬が来て雪にうずもれて行く一面の畑を見渡しながら、滞りがちな筆をしかりつけしかりつけ運ばそうとしていた。

寒い。原稿紙の手ざわりは氷のようだった。

中国語訳：

我一直努力使自己的工作变得神圣。敲打自己曲折的内心，尽量来到笔直、光明、伸展着的世界，然后挣扎着建造自己的艺术宫殿——这对我来说何其喜悦，同时何其痛苦。我的内心深处确实——如同所有人的内心深处——曾经燃烧过，但遮蔽住火焰的尘芥也非常厚重。费力地扒开尘芥却难以燃烧的瞬间非常凄惨。我从正对着书桌的、打开着的窗户后面望着被冬雪覆盖的整面田野，同时费力地驱使着滞涩的笔尖。

冷。稿纸摸上去像冰一样。

1.4.3　有島武郎　『運命と人』

原文：　人間と云はず、生物が地上生活を始めるや否や、一として死に脅迫されないものはない。我等の間に醗酵した凡ての哲学は、それが信仰の形式を取るにせよ、観念の形式を取るにせよ、実証の形式を取るにせよ、凡て人の心が　「死」　に対して惹起した反応に過ぎない。

我等は我等が意識する以上に本能のどん底から死を恐れてゐるのだ。運命の我等を将て行かうとする所に、必死な尻ごみをしてゐるのだ。

ある者は肉体の死滅を恐れる。ある者は事業の死滅を恐れる。ある者は個性の死滅を恐れる。而して食料を求め、医薬を求め、労役し、奔走し、憎み且つ愛する。

人間の生活とは畢竟水に溺れて一片の藁にすがらうとする空しいはかない努力ではないのか。

中国語訳：

包括人类在内的所有生物一旦开始生，就不得不面对死。发酵于人类的所有哲学，不管是信仰的形式、观念的形式、实证的形式，都不过是对待“死”的一种反应。

我们比自己能够意识到的更加本能地害怕死。我们拼命抵抗，不去那命运将带我们前往的死亡之地。

有人害怕肉体之死，有人害怕事业之死，有人害怕个性之死。因此寻找食物、乞求良药；劳役、奔走、恨并且爱着。

人的生活终究只是一场空幻的努力，像是溺水之人努力去抓住一根水中的稻草。

2　新思潮派

白樺派の観念的な理想主義に対する疑問から、新しい視点で人間と現実社会の実相をとらえなおそうとしたのが新思潮派の作家たち。彼らには「個々の作家の見た現実が、百千の変わった現実相」（千葉亀雄）になるとの認識が共通項としてあった。東大系の同人誌の第三、四次『新思潮』の文学青年たちが中心となり、芥川龍之介・菊池寛・久米正雄・山本有三らが、この派の代表的な作家であった。

2.1　菊池寛

芥川龍之介と同級生であった菊池寛は、戯曲『父帰る』（大6）や小説『恩讐の彼方に』（大8）で力強く明快な作風を示したが、彼の才能は雑誌経営にも生かされ、大正12年に雑誌

『文芸春秋』を創刊し、また昭和10年に友人の名前をとって芥川奨（純文学新人賞）と直木三十五賞（大衆文学新人奨）を創設するなど、文壇の隆盛と文学者の地位向上に多大の功績を残した。戦争中は日本文学報国会の活動を推進し、戦後は公職追放となった。作品に『真珠夫人』などがある。

2.2　芥川龍之介

芥川龍之介は大正時代を代表する文学者であった。人間のエゴイズムを凝視した短編『羅生門』（大4）『鼻』（大5）『芋粥』（大5）で文壇にデビューした彼は、次いで『戯作三昧』（大6）『地獄変』（大7）で芸術至上主義の作風に転じ、さらに晩年は自伝的な作品を残して、昭和2年、服毒自殺した。

明治時代を代表する夏目漱石の大正5年の死が、明治という時代の終焉を物語っているとすれば、漱石の弟子にあたる芥川龍之介の昭和2年の死は、大正という時代の終焉を告げている。

芥川龍之介（1892~1927年）は、新原敏三の長男として東京都に生まれた。辰年辰月辰日辰刻の生まれだったので、龍之介と命名された。生後7か月ごろ実母フクが発狂したため、フクの実家である芥川家に預けられた。旺盛な知識欲と読書欲で内外の書物を読み、東大に進学した芥川は、久米正雄・松岡譲・菊池寛らと始めた第3次『新思潮』に『老年』を発表した。このころ芥川は吉田弥生という女性に恋をしたが、家族の強い反対で結婚を断念した。この体験を一つの契機として描かれたのが『羅生門』である。大正5年2月、第4次『新思潮』を発刊し『鼻』を発表した。これが夏目漱石に認められ、続いて『芋粥』『ハンカチ』を発表するに及んで、文壇にその地位を固めた。

龍之介の初期作品群は、古典に題材を求め、卓抜な技巧と緊密な構成で近代人の微妙な心理を的確に描き出した。次いで、

『戯作三昧』『地獄変』『枯野抄』 などの作品の中で、退屈な人生より一瞬の芸術的感動を重視する芸術至上主義の作風に転じた。ところが、芥川はそれまでの歴史小説一辺倒から転じて現代小説も試みる。『蜜柑』（大8）『秋』（大9）を経て、『保吉の手帳から』（大12）『少年』（大13）など、身辺の出来事に取材した一連の保吉物と呼ばれる作品を書き始めるのである。大正14年、『大導寺信輔の半生』 を書いて自己の生涯について告白し、『点鬼簿』 では実母の発狂も作品した。

大正10年の中国旅行以来神経も衰弱し、肉体的にも病状が悪化した。大正12年の関東大震災以来、時代は急速に変わり、プロレタリア文学が台頭してくる。芥川はいわゆる芸術派の立場から新しい時代の文学について思案を重ねたが、やがてプロレタリア文学が主流になっていく。こうした状況の中で芥川は 『河童』『蜃気楼』 などの作品を残すが、精神的・体力的に追い詰められ、「何か僕の将来に対するただぼんやりした不安」（遺書 『ある旧友に送る手記』）を抱いて、昭和2年7月、睡眠薬で自殺した。

2.2.1 『羅生門』

短編小説。大正4年 『帝国文学』 に発表。『今昔物語集』から題材を得て、極限状況下での人間の持つエゴイズムの問題を描いた。

あらすじ： 荒れ果てた平安京で盗人になるだけの勇気を持てずにいる下人が、羅生門で死人の髪を抜く老婆に出会い、老婆の言動に触発されて盗人になる。

2.2.2 『鼻』

短編小説。大正5年 『新思潮』 に発表し、『新小説』 にも転載した。文壇登場の契機となった作品である。

あらすじ： 異常に長い鼻をもつ僧、禅智内供はなんとか普通の鼻を持ちたいと思い、秘法を使い短くすることに成功する。しかし、弟子や周りの人に笑われるだけであった。

2.2.3 『芋粥』

短編小説。大正5年 『新小説』 に発表した。人生の理想や欲望が幻滅へと転落していく悲喜劇を描いている。

あらすじ： 風采の上がらない五位の位をもつ侍の欲望は、ただひとつ芋粥を飽きるほど食べたい、ということであった。それを聞いた藤原利仁は、その願いをかなえるべく、領地の敦賀まで連れていく。ついた翌朝、食前に出された大量の芋粥を前に五位は食慾を失ってしまう。

2.2.4 『戯作三昧』

短編小説。大正6年 『大阪毎日新聞』 に連載した。主人公滝沢馬琴に託して芥川が自己の芸術至上主義的立場を明らかした作品である。

あらすじ： 『南総里見八犬伝』 を執筆中の馬琴は何十年来の絶え間ない創作の苦しみに疲れていた。無神経な読者や俗物の版元の主人に苦しみ、世評に悩まされ自己嫌悪に陥る。しかし孫の無邪気な一言に励まされた馬琴は、現実の利害や愛憎から一切離れ、恍惚とした状態で筆を運ぶ。

2.2.5 『地獄変』

短編小説。大正7年 『大阪毎日新聞』『東京日日新聞』 に連載した。芸術の完成のために最愛の娘まで犠牲にする芸術家の栄光と悲惨が描かれる。芥川作品の最高峰のひとつである。

あらすじ： 堀川の大殿は、本朝第一の絵師であるという自負を持つ良秀に地獄変の屏風の制作を命じる。良秀は苦悶する。モデルの得られない良秀のために大殿は、牛車の中に良秀の娘を乗せて火を放つ。良秀は炎上する牛車を前に、満面に恍惚とした法悦の輝きを浮かべる。地獄変相図は完成し、人々の絶賛を博したが、良秀は首をくくって死ぬ。

2.2.6 『蜜柑』

大正8年 『新潮』 に発表した。人生の一コマを温かい目と確かな筆力で描いた好短編である。

あらすじ： 曇った冬の日の暮、「私」 は二等客車に乗っていた。そこへ小娘が乗り込んできた。下品で不潔な服装の、三等の切符を持つ娘に、「私」 は不快感を持つ。しかし数分後、娘は窓を開けて、トンネルを過ぎたころ、見送りにきたらしい弟たちに、蜜柑をばらまく。宙に舞う蜜柑の色に 「私」 は一瞬、退屈な人生を忘れる。

2.2.7 『藪の中』

短編小説。大正11年 『新潮』 に発表した。武弘という侍の死因を巡り三者三様の告白が述べられる。客観的な真実への懐疑を表明した作品である。

あらすじ： 山科の駅路から少し入った藪の中で一人の侍が殺された。その死をめぐって、七人の陳述が繰り広げられる。多襄丸という盗賊は女を犯して男と決闘して殺したという。女は犯された自分を見る夫の目の冷たさを見て、心中する気で夫を刺したという。また侍の霊は、自分は自刃したという。当事者三人の証言は、食い違っている。

2.2.8 『歯車』

短編小説。昭和2年第一章が 『大調和』 に発表され、他は没後 『文芸春秋』 に発表された。6章からなり、各々に作者をモデルとすると思われる主人公の病みつかれた精神を日常の中に描いている。

あらすじ： 電車の停留所からホテルに向かう途中、「僕」

には絶えず回っている半透明な歯車が見える。朝ホテルで「神よ、我を罰し給へ。怒り給ふこと勿れ。おそらくは我滅びん」ともらす。

2.3　作品撰読

2.3.1　芥川龍之介　『芋粥』

原文：五位は、芋粥を飲んでゐる狐を眺めながら、此処へ来ない前の彼自身を、なつかしく、心の中でふり返つた。それは、多くの侍たちに愚弄されてゐる彼である。京童にさへ「何ぢや。この鼻赤めが」と、罵られてゐる彼である。色のさめた水干に、指貫をつけて、飼主のない尨犬のやうに、朱雀大路をうろついて歩く、憐む可き、孤独な彼である。しかし、同時に又、芋粥に飽きたいと云ふ慾望を、唯一人大事に守つてゐた、幸福な彼である。——彼は、この上芋粥を飲まずにすむと云ふ安心と共に、満面の汗が次第に、鼻の先から、乾いてゆくのを感じた。晴れてはゐても、敦賀の朝は、身にしみるやうに、風が寒い。五位は慌てて、鼻をおさへると同時に銀の提に向つて大きな嚔をした。

中国語訳：

五位看着那只吃着芋粥的狐狸，怀念起自己的从前。那是被很多武士们愚弄的自己。被京城的小孩骂着“这个红鼻子”的自己。穿着褪了色的衣服和裤子，如同丧家之犬一样低着头走在朱雀大街的可怜、孤独的自己。但同时又是独自一人小心守护着想喝芋粥的愿望的幸福的自己。——现在他却为不必再喝芋粥松了口气。满头大汗也从鼻尖依次消失。敦贺的早晨虽然晴朗却寒风刺骨。五位急急忙忙掩住鼻子，却没有忍住那个向装着芋粥的银锅子打的大喷嚏。

2.3.2　芥川龍之介　『羅生門』

原文：「成程な、死人の髪の毛を抜くと云う事は、何ぼう悪い事かも知れぬ。じゃが、ここにいる死人どもは、皆、そのくらいな事を、されてもいい人間ばかりだぞよ。現在、わしが今、髪を抜いた女などはな、蛇を四寸ばかりずつに切って干したのを、干魚だと云うて、太刀帯の陣へ売りに往んだわ。疫病にかかって死ななんだら、今でも売りに往んでいた事であろ。それもよ、この女の売る干魚は、味がよいと云うて、太刀帯どもが、欠かさず菜料に買っていたそうな。わしは、この女のした事が悪いとは思うていぬ。せねば、饑死をするのじゃて、仕方がなくした事であろ。されば、今また、わしのしていた事も悪い事とは思わぬぞよ。これとてもやはりせねば、饑死をするじゃて、仕方がなくする事じゃわいの。じゃて、その仕方がない事を、よく知っていたこの女は、大方わしのする事も大目に見てくれるであろ。」

老婆は、大体こんな意味の事を云った。

下人は、太刀を鞘におさめて、その太刀の柄を左の手でおさえながら、冷然として、この話を聞いていた。勿論、右の手では、赤く頬に膿を持った大きな面皰を気にしながら、聞いているのである。しかし、これを聞いている中に、下人の心には、ある勇気が生まれて来た。それは、さっき門の下で、この男には欠けていた勇気である。そうして、またさっきこの門の上へ上って、この老婆を捕えた時の勇気とは、全然、反対な方向に動こうとする勇気である。下人は、饑死をするか盗人になるかに、迷わなかったばかりではない。その時のこの男の心もちから云えば、饑死などと云う事は、ほとんど、考える事さえ出来ないほど、意識の外に追い出されていた。

中国語訳：

“确实，拔死人的头发不是什么好事。但躺在这里的也都不是什么好人。现在被我拔着头发的这个女人，她生前把蛇砍成四寸来长后晒干，然后到军营去卖，说是鱼干。如果不是染上瘟疫死掉，说不定现在还在做这买卖。军爷们还说她的鱼干好吃，一次不落地买呢。我不觉得这女人不对。她也是没有办法，不然就会饿死。我想深知其中无奈的她一定也会原谅我的。”

老太婆大概这样说着。

下人收刀入鞘，左手按着刀柄，冷冷地听着。当然，右手还是忍不住去摸脸上那颗出脓的红色痘子。听着听着，他心中涌出一股勇气，这是不同于来到罗生门上要抓住老太婆的那种勇气。下人不再犹豫是饿死还是当强盗。饿死这个选择项他已经完全不再考虑了。

2.3.3　芥川龍之介　『尾生の信』

原文：　尾生は水の中に立ったまま、まだ一縷の望を便りに、何度も橋の空へ眼をやった。

腹を浸した水の上には、とうに蒼茫たる暮色が立ち罩めて、遠近に茂った蘆や柳も、寂しい葉ずれの音ばかりを、ぼんやりした靄の中から送って来る。と、尾生の鼻を掠めて、鱸らしい魚が一匹、ひらりと白い腹を飜した。その魚の躍った空にも、疎ながらもう星の光が見えて、蔦蘿のからんだ橋欄の形さえ、いち早い宵暗の中に紛れている。が、女は未だに来ない…

夜半、月の光が一川の蘆と柳とに溢れた時、川の水と微風とは静に囁き交しながら、橋の下の尾生の死骸を、やさしく海の方へ運んで行った。が、尾生の魂は、寂しい天心の月の光に、思い憧れたせいかも知れない。ひそかに死骸を抜け出すと、ほのかに明るんだ空の向うへ、まるで水の気が音もなく川から立ち昇るように、うらうらと高く昇ってしまった…

中国語訳：

尾生仍然抱着一丝希望站在水中，向桥那头望了好几次。

河水漫过了他的肚子。暮色苍茫，笼罩住远远近近一大片茂盛生长着的芦苇和柳树。风吹过叶子，从茫茫暮霭中传来寂寞的沙沙声。这时，好像是一条鲈鱼翻起白色的鱼肚，掠过尾生的鼻尖。在那鱼跃过的空中，可以看见稀疏的星光在闪烁。此时，被茑罗缠绕着的桥栏的轮廓早已消失在夜色中。但，那女子还未出现。

当夜半的月光洒满一川芦苇和柳树时，河水一边与微风安静地私语，一边温柔地将桥下尾生的尸体运往大海的方向。尾生的魂魄却悄悄地离开身体，像是憧憬着寂寞天心的月光一样，向着微微亮着的天空袅袅地飞去，如同水气悄悄从河面升腾一样……

第八章　昭和前期[1]の文学（小説を中心に）

1　プロレタリア文学

大正10年、労働者出身の作家小牧近江や金子洋文らによって雑誌『種まく人』が創刊された。『種まく人』は大正12年の関東大震災のため廃刊となり、翌年その後継誌として『文芸戦線』が創刊された。『文芸戦線』は、プロレタリア文学派の牙城として、多数の労働者作家と文学を生みだした。『海にいくる人々』（大15）『セメント樽の中の手紙』（大15）の葉山嘉樹、『施療室にて』（昭2）の平林たい子、『渦巻けるカラスの群れ』（昭3）の黒島伝治らが、『文戦』派の作家として活躍した。

昭和3年、急進グループが全日本無産者芸術連盟（略称ナップ）を組織し、機関誌『戦旗』を発刊した。『戦旗』派の作家には、『蟹工船』（昭4）の小林多喜二、『太陽のない街』（昭4）の徳永直、『鉄の話』（昭4）の中野重治、そのほかに宮本百合子や窪川いね子らがいた。

1.1　小林多喜二

小林多喜二（1903～1933年）は、秋田県に生まれた。家が没落したために、4歳の時、伯父を頼って一家で小樽に移住した。22歳

---

❶　本書では、戦争を境に昭和期文学を前期（戦前）と後期（戦後）に分けてまとめることにする。戦時下の文学はほとんど戦争謳歌のもので、文学的価値が低いので、省略することにする。

で小樽高商（現小樽商科大学）を卒業し、地元の銀行に就職した。その後、同人誌『クラルテ』を創刊主宰して、貧しく虐げられた人々への共感や正義感にあふれる小説を書いた。志賀直哉、ドストエフスキー、トルストイなどの作品をよみ、さらには葉山嘉樹、ゴーリキーの作品に感銘し、次第にプロレタリア文学に目覚めて行った。

昭和3年、中編小説『一九二八年三月十五日』を雑誌『戦旗』に発表し、プロレタリア文学の有力新人として世に出た。翌年『蟹工船』を発表して作家としての地位を確立し、さらに『不在地主』（昭4）によってプロレタリア作家の第一人者となるが、特高警察の訊問によって獄中で虐殺された。

1.1.1 『蟹工船』

中編小説。昭和4年、『戦旗』に発表した。不当な搾取に団結して対抗する労働者を描いたプロレタリア文学を代表する作品である。ソ連領海で不法に操業する蟹工船は船員を暴力で威嚇しながら不法な利益を得ていた。船員らは団結し、ストライキに突入するが、監督は護衛の軍艦の助けにより鎮圧する。だが、船員たちは再び団結し、戦いを始める。

1.2 徳永直

徳永直（1899~1958年）は、熊本県のうまれで小学校6年生で印刷工場の見習工となり、その後も職業を転々とし、その間に労働運動に接近した。大正11年上京し、植字工として働きながら同14年、小説『馬』（のちに『最初の記憶』と改題）を発表した。同15年、ストライキに参加し職を失う。昭和5年には『失業都市東京』を『中央公論』に発表した。

1.2.1 転向

のち社会主義思想を放棄し、転向文学作品『冬枯れ』（昭

9）をかき、昭和12年『太陽のない街』や『失業都市東京』などの作品の絶版宣言をした。また、義務教育期間の延長問題を小学時代から働いた自分の体験によって批判した『八年制』（昭12）を『日本評論』に発表した。戦後は、空襲下に死亡した妻トシヲへの鎮魂歌ともいえる長編小説『妻よねむれ』（昭21~23）を発表し、戦後初期の民主主義文学運動を代表する作家となった。昭和32年から『新日本文学』に『ひとつの歴史』を連載中に、死去。

1.2.2 『太陽のない街』

長編小説。昭和4年『戦旗』に発表。自己の体験に基づいて書かれたもので、日本プロレタリア文学の古典のひとつ。ドイツ・ソ連などで翻訳された。また、築地小劇場で上演されたこともあり、東京小石川の労働者街は『太陽のない街』と呼ばれた。大同印刷の労働者は組合破壊を目的とした鋳造工の解雇に対して、ストライキで対抗している。「太陽のない街」に住んでいる労働者たちは戦い続けるが、裏切りや逮捕などによって、彼らの中から犠牲者が出るようになった。しかし、青年労働者は新しい闘争に立ちあがる。

1.3　葉山嘉樹

葉山嘉樹（1894~1945年）は福岡県の生まれである。早稲田大学高等予科を中退したあと、水夫見習や新聞記者などさまざまな職業を経験した。また、造船所などの労働争議を支援したため実刑判決を受けた。獄中ではマルクスの『資本論』などを読み、『淫売婦』（大14）や海上労働者の階級闘争を題材にした『海にいくる人々』（大15）を書いた。

1.4 作品撰読

1.4.1 小林多喜二 『蟹工船』

原文：「俺達には、俺達しか、味方が無えんだな。始めて分った」

「帝国軍艦だなんて、大きな事を云ったって大金持の手先でねえか、国民の味方？　おかしいや、糞喰らえだ！」

水兵達は万一を考えて、三日船にいた。その間中、上官連は、毎晩サロンで、監督達と一緒に酔払っていた。—— 「そんなものさ」

いくら漁夫達でも、今度という今度こそ、「誰が敵」であるか、そしてそれ等が（全く意外にも！）どういう風に、お互が繋がり合っているか、ということが身をもって知らされた。

毎年の例で、漁期が終りそうになると、蟹罐詰の「献上品」を作ることになっていた。然し「乱暴にも」何時でも、別に斎戒沐浴して作るわけでもなかった。その度に、漁夫達は監督をひどい事をするものだ、と思って来た。——だが、今度は異ってしまっていた。

「俺達の本当の血と肉を搾り上げて作るものだ。フン、さぞうめえこったろ。食ってしまってから、腹痛でも起さねばいいさ」

皆そんな気持で作った。

「石ころでも入れておけ！　かまうもんか！」

中国語訳：

“现在才知道，除了自己，没有人会帮我们。”

“帝国军舰只会说好听的，其实是有钱人的爪牙。什么‘人民的战友’？他妈的！”

水兵们为了以防万一，连续三天呆在船上。在这期间，军官们每天都与监工们在沙龙里喝的烂醉—— “就是说啊。”

即使是渔夫们，这次也总算（非常意外地）搞清楚了“谁是敌人”，以及他们是怎样狼狈为奸的。

作为每年的例行之事，在渔期结束时会特别制作作为贡品的螃蟹罐头。虽说是贡品，但是制作“很野蛮”，因为不选时间，也不斋戒沐浴。渔夫们每次都认为监工们这样做很过分。——但是现在不一样了。

“这是榨取我们的血肉做的。哼，一定很好吃吧。吃了肚子疼才好呢。”

渔夫们都怀着这样的心情做罐头。

“该放点石头进去！管你妈的！”

1.4.2　葉山嘉樹　『牢獄の半日』

原文：一九二三年、九月一日、私は名古屋刑務所に入っていた。

監獄の昼飯は早い。十一時には、もう舌なめずりをして、きまり切って監獄の飯の少ないことを、心の底でしみじみ情けなく感じている時分だ。

私はその日の日記にこう書いている：

昨夜、かなり時化た。夜中に蚊帳戸から、雨が吹き込んだので硝子戸を閉めた。朝になると、畑で秋の虫が鳴いていた。全く秋々して来た。夏中一つも実らなかった南瓜が、その発育不十分な、他の十分の一もないような小さな葉を、青々と茂らせて、それにふさわしい朝顔位の花をたくさんつけて、精一杯の努力をしている。もう九月だのに。種の保存本能！

私は高い窓の鉄棒に掴まりながら、何とも言えない気持で南瓜畑を眺めていた。

小さな、駄目に決まり切っているあの南瓜でも私達に較べると実に羨しい。

マルクスに依ると、風力が誰に属すべきであるか、という問題が、昔どこかの国で、学者たちに依って真面目に論議されたそうだ。私は、光線は誰に属すべきものかという問題の方が、監獄にあっては、現在でも適切な命題と考える。

小さな葉、可愛らしい花、それは朝日を一面に受けて輝きわたっているではないか。

総べてのものは、よりよく生きようとする。ブルジョア、プロレタリア——

私はプロレタリアとして、よりよく生きるために、ないしはプロレタリアを失くするための運動のために、牢獄にある。

風と、光とは私から奪われている。

いつも空腹である。

顔は監獄色と称する土色である。

心は真紅の焔を吐く。

中国語訳：

1923年9月1日，我进了名古屋监狱。

监狱里早饭很早，到中午11点的时候，我已经饿得肚子咕咕叫，从心底里深深地觉得监狱里饭菜太少。

我在日记里这样写道：

昨天深夜，雨被风吹到蚊帐里，所以起床把那窗户关了，到了早晨，田里的秋虫叫个不停。秋天真的来了。在夏天里没有结出一个果实的那株南瓜这时正伸展着绿叶拼命生长。叶子发育不良，只有正常大小的十分之一。但是开出了许多与之相称的，像牵牛花一样的小小的南瓜花。已经九月了啊。种的繁衍的本能！

我抓住高高窗户的铁栏，怀着一种不可言说的心情看着南瓜田。

即便是小小的注定长不大的南瓜也让我觉得羡慕。

马克思说，风的力量属于谁，这个问题曾在某个国家被认真地讨论过。我认为对于被关进监狱的人来说，更合适的命题应该是：阳光应该属于谁？

南瓜那小小的叶子和可爱的花朵，不都在沐浴着晨光吗？

所有的一切都向往更好的生活。资产阶级也好，无产阶级也好……

我属于无产阶级，因为想要更好地生活、想要世上不再有无产阶级而参加了运动于是被关进了监狱。

被夺走了风和阳光。

总是饿着肚子。

脸色是灰土色，属于监狱的颜色。

心一直喷涌着红色的火焰。

2　新感覚派

新感覚派の作家たちには、指導者的な役割を果たしたのは横光利一である。「国語との不逞極まる血戦時代」を標榜し、機械化された近代生活を理知的な新感覚でとらえると主張する。

2.1　横光利一

横光利一（1898～1947年）は、福島県の生まれである。父が仕事のために全国各地を転々とし、母の出身地である三重県立第三中学校を経て、大正5年、早稲田大学英文科に学ぶが、中退する。この時期志賀直哉の文章を学んで、投稿などをした。同10年、菊池寛の縁で川端康成を知り、12年には『文芸春秋』同人になり、『蠅』『日輪』を発表して、一躍文壇に登場する。13年、同人雑誌『文芸時代』を川端らと創刊し、『頭ならびに腹』『ナポレオンと田虫』などを書く。『機械』（昭5）は、現実の複雑な人間関係の中で次第に自己の存在を見失って行く主人公の心理を描いた。『上海』（昭7）『紋章』（昭9）を経て自意識の混迷という問題を『純粋小説論』（昭10）で説いた。11年、渡欧し長編小説『旅愁』を書き継ぐが、未完となる。

2.1.1　『蠅』

短編小説。大正12年『文芸春秋』に発表した。作者の出世作となった作品である。一台の馬車に乗り合わせた乗客のさまざまな運命が映画的な手法で描き出される。

2.2 川端康成

2歳で医師の父を、3歳で母を、さらに7歳で祖母を、15歳で祖父を失い、相次ぐ肉親の死が川端康成に深い虚無感を形成させた。川端自ら「孤児根性」と呼ぶ心情である。茨木中学宿舎で、後輩の少年に強く惹かれたことが、『少年』に描かれている。また、大学入学の翌年、カフェの女給の伊藤初代と婚約したが、一方的に放棄され、彼の女性観に大きな影響を及ぼした。横光利一・片岡鉄兵らと同人誌『文芸時代』を創刊して、プロレタリア文学と対立しつつ、大正時代の平板な写実主義から抜け出そうとし、感覚の斬新さや象徴性を重んじた。昭和に入って、風俗小説『浅草紅団』、ジョイス流の意識の流れの方法を採用した『水晶幻想』、人間嫌いの非情さを描いた『禽獣』、詩的な掌編『掌の小説』など、多彩な小説を発表したが、『雪国』を執筆するうち、美を非情の目でみつめるという独自の世界を見出して行った。戦後、島木健作・横光利一など相次ぐ知己の死もあって、「私は日本古来の悲しみの中に帰ってゆくばかりである」という思いを強め、日本の伝統文化の美しさを表現した。昭和32年から社会的活動も盛んにおこなうようになった。国際ペン大会の東京開催に尽力するほか、37年、湯川秀樹博士らと世界平和アピール七人委員会に参加するなど、さまざまな時事問題に積極的に発言した。

2.2.1 『伊豆の踊り子』

中編小説で大正15年『文芸時代』に発表した。作者の伊豆の旅を踏まえた作品である。一高生の「私」と伊豆の踊り子の純粋な心の触れ合いを描いて、近代日本のすぐれた青春小説となった。何度も映画化され、作者の名も広めた。

あらすじ：「孤児」である自分の性格に自信を失った学生

の「私」が伊豆に旅し、そこで知り合った踊り子一行と道連れになる。彼女たちとのふれあいを経て「私」は踊り子たちが「私」のことを「いい人」というのを聞く。「私」は心が洗われるのを感じ快い涙を流す。

2.2.2 『雪国』

長編小説で昭和10年から『文芸春秋』などに分載され、昭和23年完結版が刊行された。作者の代表作であり、昭和期を代表する名作のひとつである。

あらすじ：東京から雪国の温泉宿へ島村は出かける。そこには駒子という芸者とその妹分ともいえる葉子がいる。駒子は島村を一途に愛するが、島村にはその愛は理解できない。冬の夜、映画館として使われていた繭倉が炎上し、駒子は必死で葉子を助け出すが、島村は別れの予感を抱きながら立ちつくす。

2.2.3 『千羽鶴』

長編小説で昭和24年~26年『別冊文芸春秋』などに分載され、昭和27年筑摩書房によって刊行された。かつて愛した男の姿を、その血の繋がる息子に重ねて見てしまうという、背徳的な女の姿を、夢幻的な雰囲気の中に描いた作品。「滅びの美」が見事に形象化されている。

あらすじ：鎌倉の茶会に出た三谷菊治は、そこで出会った父の昔の愛人太田夫人と結ばれる。夫人は自殺するが、菊治はまた夫人の娘文子に惹かれていく。

2.2.4 『山の音』

長編小説で昭和24年~29年『改造文芸』などに分載された。息子の嫁に心惹かれる男の、人生の悲哀と憂愁が絶妙な文章で描かれ、中古の「もののあわれ」や中世の「幽玄」に通じるものがあると評価される。

あらすじ： 62歳の尾形信吾は深夜、裏山の鳴る音を聞き、死を意識する。彼は昔、妻の姉が好きだったが、実らなかった。今嫁の菊子にその面影を見、菊子も彼を慕うが、結局信吾は息子夫婦を別居させ、自らの老いを正面から見つめる。

2.2.5 『片腕』

中編小説で昭和38年~39年 『新潮』 に連載された。主人公が娘から腕を預けられるという超現実的手法で描かれた作品である。

あらすじ： 「私」 は娘から一晩片腕を借り、一晩過ごすことで孤独な魂が慰められる。

2.3 作品撰読

2.3.1 川端康成 『古都』

原文： 「ああ、今年も咲いた。」 と、千重子は春の優しさに出会った。

その紅葉は、町中の狭い庭にしては、本当に大木であって、幹は千重子の腰回りよりも太い。もっとも、古びて荒い皮が、青く苔むしている幹を、千重子の腰ほどの高さのところで、少し右に捩じれ、千重子の頭より高いところで、右に大きく曲がっている。曲がってから枝枝が出て広がり、庭を領している。長い枝の先は重みで、やや垂れている。

大きく曲がる少し下のあたり、幹に小さいくぼみが二つあるらしく、そのくぼみそれぞれに、菫が生えているのだ。そして春ごとに花をつけるのだ。千重子も物心つくころから、この樹上二株の菫はあった。

中国語訳：

“啊，今年也开了。”千重子邂逅了春天的温柔。

那棵槭树长在古都城中小小的院子里，可称得上一棵大树了。树干比千重子的腰肢还粗。苍老粗糙的树皮上长着青苔，树干在与千重子齐腰的高度开始微微向右弯，然后在比千重子的头还高的地方猛地向右大大弯曲，之后枝叶丛生，遮蔽了整个院子。长长的树枝，梢头因为负重而微微下垂。

在树干大大弯曲的地方，稍微下面一点，有两个小小的树窟窿，每个里面都长着一株堇花，每年春天都开花。自从记事起，千重子就记得树上有两株堇花。

3　新興芸術派

新感覚派の流れを受けて、『文芸時代』の終刊（昭 2）後、プロレタリア文学の隆盛に対抗して、芸術派の新進作家たちは芸術団体「新興芸術派倶楽部」を結成した。明確な文学理念を持たず、表面的に都会生活を写し取るにとどまった。しかし、中に新人として巣立った井伏鱒二・林芙美子・阿部知二らが個性とユニークな花を開花させた。

井伏鱒二（1898~1993 年）は広島県のうまれで、本名は満寿二である。大正 11 年、早稲田大学文学部退学し、同 12 年、同人雑誌『世紀』に『幽閉』（『山椒魚』の原型）を発表した。昭和初期には「新興芸術派」の一員となる。『夜更けと梅の花』（昭 3）『屋根の上のサワン』（昭 4）『丹下氏邸』（昭 6）などを発表して作家的地位を確立して芸術派の新鋭として注目された。また、『ジョン万次郎漂流記』（昭 12・直木賞）『多甚古村』（昭 14）『本日休診』（昭 24~25・読売文学賞）『漂民有宇三郎』（昭 31・芸術院賞）などを発表して、庶民の生活を題材に、抑制の利いた文体で人生の哀歓を描いた。随筆に『川釣り』『在所言葉』『早稲田の森』（昭 46・読売文学賞）、詩集に『厄除け詩集』がある。昭和 47 年文化勲章を受章した。

『山椒魚』は、短編小説で昭和 4 年『文芸都市』に発表した。渓流の岩屋に棲む山椒魚が二年の月日を過ごすうち、大きくなりすぎて出られなくなる。ある日紛れ込んだ蛙を閉じ込め道連れにする。両者の口論にその狼狽や煩悶・悲哀がにじみ出ている。

『黒い雨』は長編小説で、原題は『姪の結婚』、八回目より『黒い雨』と改題した。被爆直後の広島の悲惨な状況を被爆者の記録を基に庶民の目で淡々と描く。原爆症という噂で縁遠くなっているやす子を、叔父の閑間重松が案じる。重松は姪が被爆していないことを証明しようと、当時の日記を清書し始める。が、やす子は発病する。爆発直後に降った黒い雨を浴びていたのである。

4　新心理主義

マルセル・プルースト・ジェイムス・ラディゲの心理小説に学び、精神分析・深層心理学を援用して新心理主義文学を標榜したこの文学流派には、伊藤整や永松定、堀辰雄らがいる。

4.1　伊藤整

伊藤整（1905~1969年）は北海道の生まれで、小樽中学時代から文学に親しみ、小樽高商の上級生には小林多喜二らがいた。卒業後、小樽中学の教員となり、第一詩集『雪明かりの道』（大15）を自費出版して、昭和3年上京し、文学で生きる決意をする。

昭和4年、友人らと批評雑誌『文芸レビュー』を創刊した。フロイトやジョイスの影響を受けた小説や評論を発表し、詩から小説に転じた。このころから、新心理主義の唱導者として注目され始めた。のち幻想小説『幽鬼の街』（昭12）、長編小説『青春』（昭13）『得能五郎の生活と意見』（昭15~16）などを書き、心理的手法と私小説的手法を融合した独自の世界を確立していく。

戦後ふたたび上京し、知識人の生き方を描いた『鳴海仙吉』（昭21~23）、チャタレイ裁判の記録を基にした『裁判』（昭27）、『氾濫』（昭和31~33）などの小説や『小説の方法』（昭23）などの評論を発表した。

4.1.1 『青春』

長編小説。昭和13年河出書房刊。北国の風物を背景に学生たちの学校生活を取り上げ、「昆虫が蝶になって繭を食い破って飛び出ようとするのに似た青春の一時期」を描いている。

4.1.2 『鳴海仙吉』

長編小説で昭和21~23年『文明』などに分載した。戦後の混乱を背景に一知識人の思想や行動を、詩などさまざまな形式で風刺的に描いている。

4.1.3 『若い詩人の肖像』

長編小説で昭和29~31年『中央公論』などに発表した。自己の青年時代を描いた自伝小説。野望・恋愛・交友関係などが描かれ、詩人への道が辿られている。

4.2　堀辰雄

堀辰雄（1904~1953年）は東京都の生まれである。一高時代に室生犀星・芥川龍之介の知遇を得、東京大学国文科入学後は、同人誌『山繭』『驢馬』などを中心に文学活動を展開した。

昭和5年、『聖家族』を発表した。心理主義的な作風が文壇から注目された。この年の秋、大喀血。肺結核は持病となり、軽井沢などで療養しながら文筆活動を踏み出す。

プルーストやリルケの影響を受けた『美しい村』（昭和8）『風立ちぬ』（昭11~13）、生と死を主題とする『菜穂子』（昭 16）を発表した。また、古典文学への関心を深め、『かげろふの日記』（昭 12）『姨捨』（昭 15）『曠野』（昭 16）などの王朝物と呼ばれる作品を書いた。

戦後はほとんど病床にあり、唯一『雪の上の足跡』（昭 21）が自己の心境を示す作品である。また詩誌『四季』（昭 8 創刊）を通して、多くの詩人や作家を育てた。

4. 2. 1 『聖家族』

短編小説で昭和 5 年『改造』に発表した。芥川龍之介の死の衝撃や自身の恋愛体験が素材で、一人の人間の死によって、その周囲の男女が見せる微妙な心の動きを描いている。

4. 2. 2 『風立ちぬ』

長編小説で昭和 11 ~ 13 年『改造』などに発表した。矢野綾子との出会い、婚約からその死までの自身の体験を小説化したもの。高原のサナトリウムを舞台に、娘とその恋人の心理を描き、愛と生と死の問題を追求する。

4. 3 作品撰読

4. 3. 1 堀辰雄『風立ちぬ』）

原文： それらの夏の日々、一面に薄の生い茂った草原の中で、お前が立ったまま熱心に絵を描いていると、私はいつもその傍らの一本の白樺の木蔭に身を横たえていたものだった。そうして夕方になって、お前が仕事をすませて私のそばに来ると、それからしばらく私達は肩に手をかけ合ったまま、遥か彼方の、縁だけ茜色を帯びた入道雲のむくむくした塊りに覆われている地平線の方を眺めやっていたものだった。ようやく暮れようとしかけているその地平線から、反対に何物かが生れて来つつあるかのように…

そんな日の或る午後、（それはもう秋近い日だった）私達はお前の描きかけの絵を画架に立てかけたまま、その白樺の木蔭に寝そべって果物を齧じっていた。砂のような雲が空をさらさらと流れていた。そのとき不意に、何処からともなく風が立った。私達の頭の上では、木の葉の間からちらっと覗いている藍色が伸びたり縮んだりした。それと殆んど同時に、草むらの中に何かがばったりと倒れる物音を私達は耳にした。それは私達がそこに置きっぱなしにしてあった絵が、画架と共に、倒れた音らしかった。すぐ立ち上って行こうとするお前を、私は、いまの一瞬の何物をも失うまいとするかのように無理に引き留めて、私のそばから離さないでいた。お前は私のするがままにさせていた。

風立ちぬ、いざ生きめやも。

中国語訳：

在那些夏天的日子里，你站在一大片的芒草丛生的草甸里专心画画，我呢，总是横躺在附近那棵白桦树的树荫下。黄昏，你画完画来到我身边。然后我俩互相搂着对方的肩膀望着夕阳的方向。在那里，不停翻滚着的积雨云镶着茜红色的花边覆盖了地平线。太阳不久就要下山，但在那样的地平线上，反而似乎充满了生长的力量。

在夏末秋初的一个午后，你把没有画完的画搁在画架上，跟我一起躺在白桦树荫下啃水果。云朵在天空中像细砂一样缓缓流动。这时候，不知从何处吹来了风。在我们头上、树叶间，天空的蓝色星星点点地显现，随着风吹树叶的节奏时而伸展，时而收缩。与此几乎同时，草甸上有个东西吧嗒一声倒了，那是我们放在画架上的画和画架一起倒在地上的声音。我像不想失去此刻的任何东西似的，紧紧抓住马上要去捡画的你，不让离开。你就这样任我紧紧拥抱着。

起风了，要继续生活。

5　他の文学事情

5.1　小林秀雄の登場

小林秀雄の文壇デビューは、総合雑誌『改造』の懸賞評論で第二席に当選した『様々なる意匠』（昭4）であった。昭和初頭のさまざまな文学流派はわずかの意匠の違いにすぎないと喝破したもので、このとき第一席に当選した評論は宮本顕治『敗北の文学』で、芥川龍之介の自殺は資本主義体制下の小市民の文学の敗北であると批判するマルクス主義評論であった。小林秀雄は、批評とは己の夢を懐疑的に語ることであるという立場から近代批評のジャンルを確立し、以後も評論集『私小説論』（昭10）『無常ということ』（昭21）など、すぐれた評論を書き継いだ。

5.2　文芸復興

当局の思想弾圧によるプロレタリア文学の退潮のあと、昭和8年ごろから文芸復興の気運が高まり、武田麟太郎・林房雄・川端康成らによって文芸誌『文学界』が創刊された。紀伊国屋書店主の田辺茂一が出資し、舟橋聖一・阿部知二らが編集した文芸誌『文芸』などが、ともに昭和8年に相次いで創刊された。以後、日中戦争の開始される昭和12年まで、この束の間の光芒に似た復興の気運は続いたが、日中戦争の長期化に伴い、言論統制や物資統制が加えられ、下火となった。

5.3　転向文学

マルクス主義から転向した作家たちは、自己の転向体験を題材に倫理的な態度で自身の現在の姿勢を小説化した。これを転向文学と称する。島木健作『癩』（昭9）『生活の探求』

（昭和 12～13）、村山知義 『白夜』（昭 9）、中野重治 『第一章』（昭 10）『村の家』（同）などが代表作である。

おなじく転向体験を持ち、そこから古典的精神の浪漫的再建をめざしたグループは、昭和 10 年、雑誌 『日本浪漫派』 を創刊した。民族的自覚を基礎にナショナリズムの立場から近代日本の超克を目指した保田与重郎を中心的指導者とし、詩人の伊東静雄らが参加した。

5.4　芥川賞・直木賞の創設

文芸春秋社の社長の菊池寛は昭和 10 年、彼の友人の芥川龍之介と直木三十五を記念して、芥川賞（純文学部門）と直木賞（大衆小説部門）を創設した。全国の新聞雑誌に発表された新進作家の優秀な作品に与えられる新人賞で、第一回受賞は石川達三 『蒼氓』（芥川賞）と川口松太郎 『鶴八鶴次郎』（直木賞）である。両賞は昭和 13 年、日本文学振興会の事業として移管され、文壇のもっとも権威ある文学新人賞として有名になった。

5.5　戦時下の文学

『糞尿譚』（昭 12）で第六回芥川賞を受賞した火野葦平は中国の戦地で、陸軍報道部から進められて従軍小説 『麦と兵隊』（昭 13）を書いた。これが爆発的に人気をよび、ついで 『土と兵隊』（昭 13）『花と兵隊』（同）を発表した。これら兵隊三部作によって、彼は戦争文学のヒーローになった。第一回芥川賞の石川達三も、『生きている兵隊』（昭 13）を発表した。これ以降、戦争体験を題材にする戦争文学氾濫の時代が到来した。

第九章　昭和後期の文学（小説を中心に）

1　敗戦直後の文学

昭和20年秋から翌年にかけて、多数の文芸雑誌や総合雑誌が続々と復刊・創刊された。戦争中の活字文化の沈滞から一転して、戦後のジャーナリズムは未曽有の活況を呈した。『文芸』『文芸春秋』『新潮』『中央公論』『改造』 など戦前の有力誌が復刊されるほか、『新生』『近代文学』『世界』『展望』『新日本文学』 などが創刊された。これらの雑誌は文学者たちの活躍の舞台となった。

1.1　既成作家の復活

戦前に自我形成を済ませた既成作家にとって戦争体験は決定的な傷跡とならず、戦争中から準備してきた小説や戦後風俗に取材した作品を発表した。谷崎潤一郎 『細雪』 （昭23）、志賀直哉 『灰色の月』 （昭21）、永井荷風 『踊り子』 （同）、正宗白鳥 『戦災者の悲しみ』 （同）などが代表的なもの。

1.2　無頼派

戦前に作家的な出発を遂げながら戦後の世相の混乱を体あたり的に生き抜いたのが、無頼派（新戯作派）の作家たちである。坂口安吾は評論 『堕落論』 （昭21）で、堕落による自己の本性の発見が大切だと説き、石川淳は、戦争未亡人を題材にした小説 『黄金伝説』 （昭21）や戦災浮浪児を描いた小説 『焼け跡のイエス』（同）を発表した。織田作之助の小説『世相』（昭21）や評論『可能性の文学』（同）も読者の共感を呼んだ。

1.3　太宰治

無頼派を代表できる作家はもちろん太宰治である。彼は新興地主の津島家の六男としてうまれた。母が病弱であったため子守の近村タケに養育され、早熟で感受性の強い子供として育った。『津軽』（昭19）には、このタケへの強い思慕が書かれている。

昭和5年、元芸妓小山初代と分家除籍を条件に結婚が認められたが、バーの女給と心中を図り、彼だけが生き残る。翌年から初代との同棲生活を始めるが、左翼活動のため居を転々とする。左翼活動から離脱し、『思い出』『魚服記』（昭8）を書き、作家として出発した。その後、新聞社の入社試験に失敗し、縊死自殺を図るが未遂だった。この直後急性盲腸炎になり、鎮痛剤に使った薬品パビナールの中毒となる。この年『逆行』（第一回芥川賞の次席）『道化の華』など発表し、第一創作集『晩年』（昭11）を上梓する。昭和12年、初代と心中を図るが、未遂。初代とは離婚した。昭和13年、太宰は再起を決意し、井伏鱒二の滞在する山梨県御坂峠の天下茶屋に行き、創作にはげむ。翌年井伏の仲介で石原美知子と結婚した。この時期の作品には『走れメロス』（昭15）『津軽』『新釈諸国噺』『お伽草子』など、佳作が多く、また『冨嶽百景』（昭14）をはじめ『女生徒』『黄金風景』などには、素朴で純粋な生き方への憧れが描かれている。戦後は、いち早く文壇に登場し無頼派と呼ばれた。『ブイヨンの妻』『斜陽』（昭22）により、人気作家の地位を占めたが、戦後の時局便乗の風潮の中でデカダン的傾向を強める。『斜陽』のモデルとなった太田静子のほか、戦争未亡人の山崎富栄とも親密な関係を結び、昭和23年太宰文学の総決算ともいえる『人間失格』を書きあげ、『グッドバイ』連載途中、富栄とともに玉川上水で入水心中をし、命を絶った。太宰が姿を消して六日後、6月19日に遺体が発見さえた。以後この日が命日となり「桜桃忌」と呼ばれる。墓は、東京都三鷹市の黄檗宗禅林寺に、森鴎外の墓と向かい合わせに建てられている。

1.3.1 『思い出』

短編小説で昭和8年『海豹』に発表した。第一創作集『晩年』の中心的な作品である。幼少年期の自伝的小説で、少年の鋭敏な感受性と自己へのこだわりが、一人称「私」の語りで表現されている。

1.3.2 『富嶽百景』

短編小説で昭和14年『文体』に発表した。井伏の紹介で石原美知子と見合いをした体験が眺める富士山を背景に書かれている。富士と向き合って己を顧み、創作活動を続けた作者の、新生活への意欲と希望が感じられる。

1.3.3 『津軽』

随筆紀行文で昭和19年小山書店によって刊行された。津軽半島を取材旅行した時の体験をもとに書かれた。太宰はこのたびで故郷としての津軽を再発見した。

あらすじ：ある年の春、「私」は津軽を訪れた。厳しい自然とそこに生きる人々の情けに触れ、自己の故郷である津軽への愛情を強くする。旅の終わりに、子守の越野タケと再会し、「わたしは、タケに似ているのだ」と思い至る。

1.3.4 『斜陽』

中編小説で昭和22年『新潮』に連載した。没落貴族の母、姉、弟と作家の四人が登場し、滅びゆくものの美と道徳革命への願いを表現する。発表当時 「斜陽族」 という流行語まで生まれた。

あらすじ： かず子は結婚に失敗し、母と二人で暮らしている。弟は戦地から麻薬中毒患者となって復員し、時代の汚濁に負けて自殺する。かず子はデカダン作家の上原と結ばれ妊娠する。彼女が上原にあてた最後の手紙には 「私生児と、その母。けれども私たちは、古い道徳とどこまでも争い、太陽のように生きるつもりです。」 と書かれていた。

1.3.5 『人間失格』

中編小説で昭和23年 『展望』 に連載される、太宰文学の総決算である。他者との関係をうまく結べない大庭葉蔵は、人間への最後の求愛の方法として、道化を演じ続ける。

1.3.6　作品選読

1.3.6.1 『あ、秋』

原文： いつか郊外のおそばやで、ざるそば待っている間に、食卓の上の古いグラフを開いて見て、そのなかに大震災の写真があった。一面の焼野原、市松の浴衣着た女が、たったひとり、疲れてしゃがんでいた。私は、胸が焼き焦げるほどにそのみじめな女を恋した。おそろしい情慾をさえ感じました。悲惨と情慾とはうらはらのものらしい。息がとまるほどに、苦しかった。枯野のコスモスに行き逢うと、私は、それと同じ痛苦を感じます。秋の朝顔も、コスモスと同じくらいに私を瞬時窒息させます。

秋ハ夏ト同時ニヤッテ来ル。と書いてある。

夏の中に、秋がこっそり隠れて、もはや来ているのであるが、人は、炎熱にだまされて、それを見破ることが出来ぬ。耳を澄まして注意をしていると、夏になると同時に、虫が鳴いているのだし、庭に気をくばって見ていると、桔梗の花も、夏になるとすぐ咲いているのを発見するし、蜻蛉だって、もともと夏の虫なんだし、柿も夏のうちにちゃんと実を結んでいるのだ。

中国語訳：

有一天，我在郊外的面店里等凉面上来的时候，随意翻开了餐桌上的旧画报，上面有大地震的照片。一片烧焦的废墟上，有个女人穿着市松浴衣，独自一人疲惫地蹲在地上。我立刻焦灼地爱上了她。甚至感觉到了一种可怕的情欲。悲惨和情欲是一体两面的。我感到窒息一般的痛苦。同样的痛苦在我看到枯野中的大波斯菊时也感受过。秋天的朝颜也像那大波斯菊一样能让我瞬间窒息。

我写到，秋天是和夏天一起来的。

秋天悄悄地隐藏在夏天里。人被炎热迷惑，看不到这点。但是如果侧耳倾听，会知道虫儿在夏天就开始鸣叫；仔细看庭院的话，会发现桔梗在夏天就开花了；蜻蜓也原本是夏天的昆虫；柿子也在夏天就结出果实。

1. 3. 6. 2 『人間失格』

原文： つまり自分には、人間の営みというものが未だに何もわかっていない、という事になりそうです。自分の幸福の観念と、世のすべての人たちの幸福の観念とが、まるで食いちがっているような不安、自分はその不安のために夜々、転輾し、呻吟し、発狂しかけた事さえあります。自分は、いったい幸福なのでしょうか。自分は小さい時から、実にしばしば、仕合せ者だと人に言われて来ましたが、自分ではいつも地獄の思いで、かえって、自分を仕合せ者だと言ったひとたちのほうが、比較にも何もならぬくらいずっとずっと安楽なように自分には見えるのです。

中国語訳：

也就是说，我对人类的营生至今为止什么都不懂。我对于幸福的观念与其他所有人都不同，这种不安甚至让我在晚上辗转、呻吟、几欲发狂。我幸福吗？小时候经常有人说我幸福，但我总觉得生活在地狱。反而认为说这话的人相对来说没有烦恼，比我轻松、安乐多了。

1.4 『近代文学』派

昭和21年創刊の雑誌『近代文学』に結集したのは、戦前にマルクス主義体験と転向体験をもった評論家たちであった。創刊同人は平野謙・本多秋五・荒正人・埴谷雄高・山室静・佐々木基一・小田切秀雄の七人。代表的な評論は、荒正人『第二の青春』（昭21）、平野謙『一つの反措定』（同）などがある。彼らは「戦争責任論」「主体性論」「世代論」「転向論」「知識人論」など戦後的なテーマを積極的に提出した。

1.5 民主主義文学の台頭

戦前のプロレタリア文学者であった中野重治・宮本百合子・蔵原惟人らが中心となり、民主主義文学の創造と普及を目的に新日本文学会を組織し、昭和21年、機関誌『新日本文学』を創刊した。創刊準備号に掲載された宮本百合子の評論『歌声よ、おこれ』は、新生日本の出発に際して人民の歌声の合唱が起きることを呼びかけた。宮本百合子『播州平野』（昭21～22）、徳永直『妻よねむれ』（昭和21～23）、中野重治『五勺の酒』（昭22）、佐多稲子『私の東京地図』（昭21～23）が代表作である。

1.6 戦後派の登場

既成文壇の打倒を目指して実存主義的・反政治的なスタンスで戦後文壇に新たに登場してきたのが戦後派の作家たちである。ブリューゲルのグロテスクな絵を象徴的に用いた野間宏の小説『暗い絵』（昭21）のほか、椎名麟三『深夜の酒宴』（昭22）、埴谷雄高『死霊』（昭21）、武田泰淳『蝮のすえ』（昭22）、大岡昇平『俘虜記』（昭23）、三島由紀夫『仮面の告白』（昭24）、安部公房『壁』（昭26）が代表的な小説とあげられる。

1.7　原爆文学

広島で被爆した原民喜は、その体験を小説『夏の花』（昭22）として発表し、また同じく大田洋子は『屍の街』（昭23）で悲惨な被爆の状況を描いた。また詩人の峠三吉はガリ版の『原爆詩集』を上梓した。

1.8　第三の新人

戦後の文壇では思想の革新、世界観の構築、社会の変革といった壮大な問題が議論されたが、それらとは距離を置いた場所で自身の身体感覚に即した日常生活を題材にしたのが、第三の新人と呼ばれる作家たちである。安岡章太郎『悪い仲間』（昭28）、吉行淳之介『驟雨』（昭29）、小島信夫『アメリカン・スクール』（同）、庄野潤三『プールサイド小景』（同）などが代表的な小説である。

2　昭和30・40年代の文学

昭和30年、石原慎太郎の小説『太陽の季節』が発表された。この無名の大学生の書いた小説は、無軌道な新世代の青年像を描き、既成の社会道徳に挑戦する衝撃的な内容であった。これが同世代の若者たちの熱狂的な支持を集め、芥川賞を受賞し、また映画化されて、「太陽族」という流行語まで生みだした。さらに昭和33年、大学在学中の大江健三郎が『飼育』（昭33）で芥川賞を受賞した。彼は早熟な才能を発揮し、『死者の奢り』（昭32）や『芽むしり仔撃ち』（昭33）などの短編・長編小説を発表し、若い世代を代表する文壇の寵児となった。

『壁』（昭26）で芥川賞を受賞した安部公房は、その後も『けものたちは故郷をめざす』（昭32）や『砂の女』（昭37）などの佳作を書き継ぎ、さらに『燃えつきた地図』（昭

42）を発表し、日本文学の伝統的な文体とは異質な反リアリズムの作家として海外でも定評を得た。

三島由紀夫は、二・二六事件を題材にした短編 『憂国』（昭36）以来、武士道精神と天皇制擁護の立場に接近し、『英霊の声』（昭41）、『豊饒の海』（昭40~46）を発表した。昭和45年、自衛隊基地に乱入し、武装蜂起を呼びかけて割腹自殺した。

昭和40代後半になると、社会性や思想性を排除した脱イデオロギーの文学を共通項とする内向の世代と呼ばれる作家たちが登場する。黒井千次 『時間』（昭44）、辻国生 『背教者ユリアヌス』（昭44~47）、古井由吉 『杳子』（昭45）、小川国夫 『試みの岸』（同）、阿部昭 『千年』（昭47）、丸谷才一 『たった一人の反乱』（同）、加賀乙彦 『帰らざる夏』（昭48）などが代表的な作品として知られる。

2.1　三島由紀夫

三島由紀夫（1925~1970年）は東京都の生まれで、本名は平岡君威である。生来病弱で祖母の手によって育てられ、泉鏡花の作品や歌舞伎に親しんだ。学習院に進んでから詩作・創作に熱中した。16歳の時、短編 『花盛りの森』 を発表した。東京大学法学部卒。戦争が激化するなか、日本古典の影響の強い作品を書き継いだ。戦時下を生き延びた三島にとって、戦後は予定外の人生であった。大蔵省を退職して、『仮面の告白』 の執筆に着手して、この作品で作家的地位を固めた。『金閣寺』（昭31）は代表作のひとつである。

昭和34年、『鏡子』 の家で、否定すべき戦後の総決算を図ったが不評に終わり、同36年の短編 『憂国』 によって政治的殉教とエロスの燃焼との統合という新しいテーマを得た。以後、実生活でも右翼的な実践行動に傾斜し、同43年、学生集団 「楯の会」 を組織した。同45年、四部作 『豊饒の海』 脱稿の日、自衛隊の革命決起を促して割腹自殺した。

2. 1. 1 『仮面の告白』

長編小説で昭和24年河出書房によって刊行された。人生に適合できない人間の「仮面」の悲しみを一人称で描いた作品である。

2. 1. 2 『金閣寺』

長編小説で昭和31年『新潮』に連載された。現実社会から隔絶された青年僧の美意識と孤独感を描いた、三島文学の頂点をなすモデル小説である。金閣寺の美しさに魅せられた青年僧溝口は、その美しさを独り占めするために金閣寺に放火する。

2. 1. 3 作品選読

『美徳のよろめき』：節子はもうすこしで彼女を苦しめそうなところへ来ている目前の男の顔をつくづく眺めた。その引きしまった顔つき、その暗い目、髪の若々しい艶を節子は好いていた。たしかに土屋の外見は節子の好みに適っていたが、むかしそう思わなかったのは、おそらく彼の成長が遅かったからなのだ。わけても土屋は、節子の恋の条件をなす、不得要領な異性の性質を持っていた。彼は大変純潔で、そしてずるそうに見えた。彼が初心らしく口ごもって、内心何かを企んでいるように見えるとき、いつも節子は、危うくその企みをも愛してしまいそうになる。それから又、節子は彼の不機嫌な顔がすきだった。投げやりな話しぶり、急に上品になったり急にぞんざいになったりする話し方がすきだった。

中国語訳：

节子仔细地看着这个几乎让她痛苦的男人的脸。节子喜欢那紧致的线条、阴暗的眼睛、年轻而富有光泽的头发。土屋的外表的确很合节子的意，也许之前没有注意到这一点是因为他发育稍晚。尤其土屋身上还有一种异性的特质，不得要领地符合与节子恋爱的条件。他看上去非常纯洁，并且很狡猾。当他似乎内心有所企图，但又天真地欲说还休时，节子总是会危险地连那个企图也爱上。此外节子也喜欢他不高兴时的脸。喜欢他那不吐不快的样子，突然优雅起来或突然粗鲁起来的说话方式。

2.2　大江健三郎

大江健三郎（1935～　）は愛媛県の生まれである。東京大学卒。『奇妙な仕事』（昭32）や『死者の奢り』（同）で注目され、『飼育』（昭33）で芥川賞を受賞して、新しい世代の文学の旗手として文壇に登場した。ついで『芽むしり仔撃ち』（昭33）『孤独な青年の休暇』（昭35）『遅れてきた青年』（昭37）などを発表し、戦後世代の青年のグロテスクな閉塞状態を実存的に描いた。

昭和38年、長男光が誕生した。障害児の息子が瀕死の状態のまま、父親の大江は広島に取材旅行し、原爆の悲惨な状況に衝撃を受ける。この際の二つの体験が、以後の彼の文学の方向を決定する。息子の出生時の体験をモデルにした長編小説『個人的な体験』（昭39）で想像力による自己救済を企図し、評論『ヒロシマ・ノート』（昭38～40）ではヒロシマを内面化することで人類の終末と救済を考えた。

1994年ノーベル文学賞を受賞した。日本人作家では川端康成に次いで二人目の文学賞受賞者となった。核時代に生きる人類の救済と、弱者との共生をテーマに据えた彼の文学が評価されたものだ。大江自身は受賞決定後のインタビューで、自分の文学は、谷崎潤一郎―川端康成―三島由紀夫と連なる日本の伝統美学の系統でなく、西洋的な知性を基盤とする大岡昇平―安部公房のタイプだと語った。

2.2.1 『死者の奢り』

短編小説で昭和32年 『文学界』 に発表した。大学生の「僕」 は女子大生とともに大学医学部で死体を別の水槽に移すアルバイトを始める。つらい作業をようやく終えると、しかし「僕」 の仕事は事務の手違いによる徒労にすぎなかった。

2.2.2 『新しい人よ目覚めよ』

長編小説で昭和57~58年 『群像』 などに発表された。障害児の父親である 「僕」 は、息子 「イーヨー」 の純粋無垢な精神をウイリアム・ブレイクの詩句にかさね、全人類の未来への意志を代弁する神の啓示を聞くような思いがする。

2.2.3 作品撰読

2.2.3.1 『奇妙な仕事』

原文: それらは互いに似かよっていた。どこが似ているのだろうな、と僕は思った。全部、けちな雑種で痩せているというところか。杭につながれて敵意をすっかり亡くしているというところか。きっとそうだろうな。僕らだってそういうことになるかもしれないぞ。すっかり敵意をなくして無気力につながれている、互いに似かよって、個性を亡くした、あいまいな僕ら、僕ら日本の学生。しかし僕は政治を含めてほとんどあらゆることに熱中するには若すぎるか年を取り過ぎていた。

中国語訳:

这些狗长得很相似。是哪里相似呢? 因为它们都是杂交品种、都很瘦吗? 还是因为都被拴在桩上而丧失了敌意呢? 一定是这样。我们这些面目模糊的日本的学生，也许也一样地相似着：被捆绑在一起，无力着，完全丧失了敌意和个性，但是我对包含政治在内的所有一切都提不起兴趣，原因是太年轻了或者太年老了。

3　昭和50年代以降の文学

『岬』（昭50）で芥川賞を受賞した中上健次は、戦後生まれの世代の最初の芥川賞作家となった。生地紀州の血と土地にこだわる中上健次は、ついで長編『枯木灘』（昭51～52）『鳳仙花』（昭54）と書き継いで紀州三部作を完成し、独特の濃密で土着的な文学作品を発表した。中上健次についで芥川賞を受賞したのが村上龍である。受賞作『限りなく透明に近いブルー』（昭51）は、退嬰的な若者の覚醒剤・乱交パーティーを描いた小説である。以後、村上龍は『コインロッカー・ベービーズ』（昭55）『愛と幻想のファシズム』（昭59~61）などの小説のほか、映画・音楽などの分野でも多彩な活躍を見せている。村上龍と対比的に語られるのが、『風の歌を聴け』（昭54）で文壇デビューした村上春樹である。『羊をめぐる冒険』（昭57）『ノルウェーの森』（昭62）など、都会的な若者のセンスが読者の広い人気を集めている。『砧を打つ女』（昭47）で芥川賞を受賞した李恢成の文学は、在日朝鮮人・韓国人の視点を生かし、また『カクテル・パーティー』（昭42）で芥川賞を受賞した沖縄在住の大城立裕の文学は、独自の切り口を示している。最近は女性作家の活躍が目立つ。芥川賞作家の高樹信子や村田喜代子、直木賞作家の山田詠美のほか、吉本バナナの小説も若い読者に人気がある。

3.1　村上春樹

村上春樹（1949~　）は、京都府の生まれである。早稲田大学文学部卒。高校時代からアメリカ文学に親しみ、チャンドラーやフィッツジェラルドなどを原文で読破、またジャズにも熱中した。大学卒業後はジャズ喫茶を経営していたが、『風の歌を聴け』（昭54）で『群像』新人文学賞を受賞し、作家活動に入った。『羊をめぐる冒険』（昭57）で野間文芸新人賞受賞するほかに『世界の終りとハードボイルド・ワンダーランド』（昭60）『ノルウェーの森』（昭62）『ダンス・ダンス・ダンス』（昭63）などを刊行し､それぞれ好評を博した。主人公の多くを昭和24年の生まれに設定するなど､学生運動世代を代表する作家のひとりで､70年代への強い共感を示している。また､アメリカ文学の影響も色濃いが､現代を生きる人間の持つ喪失感が作品の主調音となっている。創作のほかにもアメリカ文学の翻訳が多数ある。

3.1.1 作品撰読

3.1.1.1 『ノルウェーの森』

原文： そんなとき僕は直子に手紙を書いた。直子への手紙の中で僕は素敵なことや気持ちの良いことや美しいもののことしか書かなかった。草の香り､心地よい春の風､月の光､見た映画､好きな歌､感銘をうけた本､そんなものについて書いた。そんな手紙を読み返してみると､僕自身が慰められた。そして自分はなんという素晴らしい世界の中に生きているのだろうと思った。僕はそんな手紙を何通も書いた。直子からもレイ子からも手紙は来なかった。

中国語訳：

那时候我会给直子写信。在给她的信中我只会写好的事情、开心的事情和美好的事情。例如草的香味、怡人的春风、月光、看过的电影、喜欢的歌、给我感动的书等。自己读这样的信时，也会感到一种安慰，相信自己生活在一个非常美妙的世界里。我写了好几封这样的信。但直子和玲子都没有给我回信。

3.1.1.2 『蜂蜜パイ』

原文： 淳平は恋人に対して常に礼儀正しく､優しく親切だったけど､情熱的であったり献身的であったりしたことは一度もな

かった。淳平が情熱的であったり献身的であったりするのは、一人で小説を書いた時だけだった。恋人はやがて、ほかの場所に本物のぬくもりを求めて離れていった。同じことが何度か繰り返された。

中国語訳：

淳平对待恋人总是优雅守礼、亲切温柔，但是从来不曾热情地忘我奉献过。只有在独自写小说的时候他才会迸发热情和忘我奉献。他的恋人不久都会离开他，去别的地方寻求真正的温暖。同样的事情发生了好几次。

第十章　近代における詩歌文学

1　近代詩

近代詩の到来を告げたのは外山正一・矢田部良吉・井上哲次郎編著『新体詩抄』（明 15）であった。創作詩 5 編・翻訳詩 14 編を収載するこの詩集の例言には、こう宣言されている。「明治ノ歌ハ明治ノ歌ナルベシ、古歌ナルベカラズ、日本ノ詩ハ日本ノ詩ナルベシ、漢詩ナルベカラズ、是レ新体ノ詩ノ作ル所以ナリ」。新時代の「歌」は、新しい時代にふさわしい新しいスタイルでつくるべきだ、と彼らは主張する。西欧の思想と文化を摂取した新世代の思索と感覚を表現するためには、西洋詩を模倣して「新体ノ詩」を作り出すしかなかったのである。

1.1　賛美歌の翻訳と訳詩集『於母影』

明治になってキリスト教が解禁されると、聖書や賛美歌の翻訳が試みられた。伝統的な和歌の音数律を活かして翻訳された賛美歌は、小学唱歌としても歌われ、また新体詩の形成にも影響を与えた。

森鴎外が妹の小金井喜美子や歌人の落合直文らと組織した結社「新声社」の共訳詩集『於母影』（明 22）は、西洋詩の移入を試み、浪漫詩への道を開いた。

1.2『若菜集』の登場

島崎藤村は明治 30 年、第一詩集『若菜集』を出版した。詩人自身の青春の苦闘の体験を主体的・抒情的に七・五調のリズムで歌い上げる『若菜集』のロマンチシズムは、明治30年代の浪漫詩の全盛時代を導いた。のちに藤村は、合本『藤村詩集』（明37）の自序で、「すでに、新しき詩歌の時代は来りぬ。美しき曙のごとくなりき」と宣言している。

1. 3　『明星』創刊と浪漫詩の時代

文芸誌『明星』は明治33年に創刊され、百号まで発行して同41年に終刊した。与謝野鉄幹の主宰する東京新詩社の機関誌『明星』は、明治20年代の『文学界』の浪漫主義（前期）を継承しながら、明治30年代の浪漫主義（後期）詩歌の時代をリードした。ここに結集した詩歌人には、詩集『東西南北』（明29）の与謝野鉄幹、『天地有情』（明32）の土井晩翠、『暮笛集』（明32）の薄田泣菫のほか、与謝野晶子・石川啄木・高村光太郎・北原白秋・吉井勇・蒲原有明・木下杢太郎らがいる。

1. 4　象徴詩

日露戦争後、詩歌の分野にも思潮の変化が起こった。自然主義の台頭によって『明星』の浪漫詩も衰退し、変わって象徴詩が登場した。ボートレイルやブェルレエヌらのフランス象徴詩を紹介した上田敏の訳詩集『海潮音』（明38）の出版をきっかけに、薄田泣菫『白羊宮』（明39）、蒲原有明『有明集』（明41）、北原白秋『邪宗門』（明42）『思い出』（明44）、三木露風『廃園』（明42）などの詩集が刊行された。

1. 5　口語自由詩の成立

明治40年代になって、それまでの文語定型詩や文語自由詩に変わって、口語自由詩の運動がおこった。高村光太郎の第一詩集『道程』（大3）は、その最初の収穫であったが、ついで萩原朔太郎が詩集『月に吠える』（大6）『青猫』（大12）を刊行。近代的個人の内面にひそむ病的な心理と詩語に内在する音楽性に注目して、口語自由詩の方法を確立した。

このほか、朔太郎と詩誌『感情』を創刊（大5）した室生犀星の『抒情小曲集』（大7）、その周辺にいた山村暮鳥の『聖三稜玻璃』（大4）。また、『白樺』同人に属して理想主義的な詩の傾向を示した千家元麿の『自分は見た』（大7）などの詩集がある。

1.6　民衆詩からプロレタリア詩へ

詩集『民衆』は、大正7年創刊。表紙に「われらは郷土からうまれる。われらは大地から生まれる。われらは民衆のひとりである」との宣言を掲げている。福田正夫・渡辺順三らが同人で、白鳥省吾・百田宗治らも寄稿した。

大正デモクラシーの思潮と白樺派の人道主義思想は、民衆・労働者の自覚を促し、大正末期から昭和初期にかけて労働者階級の解放を主題とするプロレタリア詩の時代をもたらした。この系統の詩人には、中野重治・小熊秀雄・壷井繁治・窪川鶴次郎らがいる。

1.7　宮沢賢治

宮沢賢治は農民救済や宗教活動をしながら、独自の立場に立って『心象スケッチ』と名付けた詩集『春と修羅』（大13）や、童話集『注文の多い料理店』（同）を発表した。生前は無名だったが、死後に発見された『雨ニモマケズ』によって、彼は一躍有名になった。

1.8　モダニズム詩

大正期後半から西欧前衛芸術思想が流入し、未来主義・立体主義・表現主義・ダダイズム・シュールレアリスム（超現実主義）の影響を受けた詩人たちが活躍した。『ダダイスト新吉の詩』（大12）の高橋新吉、『死刑宣言』（大14）の萩原恭次郎のほか、平戸廉吉・小野十三郎・岡本潤らの前衛詩人がいる。

昭和3年、春山行夫を編集人とする詩誌『詩と詩論』が創刊された。モダニズム文学運動を推進するこの雑誌によって詩人には、詩集『軍艦茉莉』（昭4）の安西冬衛、『戦争』（昭4）の北川冬彦、『測量船』（昭5）の三好達治、『象牙海岸』（昭7）の竹中郁らがいる。

1.9　昭和前期の詩

萩原朔太郎の流れを汲み、雑誌『四季』を拠点に、三好達治・室生犀星・堀辰雄・丸山薫・中原中也・立原道造・伊藤静雄などが活躍した。達治の『一点鐘』、薫の『物象詩集』、中也の『山羊の歌』、道造の『萱草に寄す』・『暁と夕べの詩』、静雄の『わが人に与ふる哀歌』・『夏花』が有名である。雑誌『歴程』に集まったのは、中原中也・草野心平・金子光晴・小野十三郎などである。心平の『第百階級』・『蛙』、光晴の『鮫』・『落下傘』、十三郎の『大阪』が代表的である。

1.10　戦後の詩

戦後の詩は、プロレタリア派の復活が見えるだけでなく、鮎川信夫、田村隆一、中桐雅夫、黒田三郎、大岡信、谷川俊太郎、山本太郎らが出て注目された。谷川俊太郎は、新鮮な透明感に満ちた言葉で人間の孤独を明るく歌った『二十億光年の孤独』で、宇宙的な規模で人間やその孤独を歌った。これ以後、主題・方法ともに多元化の道を進み、言語そのものに詩を見出す言語至上主義や、日常生活の中に抒情を探る方向などさまざまである。

2　短歌

2.1　「あさ香社」の設立

和歌は前時代まで漢詩とならぶ正統的な文芸であったが、文明開化の時流にあっては、前時代の遺物として軽視された。明治20年代になると、急進的な欧化主義に対する反動から伝統文化を見直す気運が高まり、それが和歌にも及んだ。国文学者の落合直文は明治26年、短歌結社「あさ香社」を設立し、和歌革新運動に着手した。ついで門下の与謝野鉄幹が評論『亡国の音』（明27）を発表して旧来の古今調の和歌の伝統を批判し、詩歌集『東西南北』（明29）『天地玄黄』（明30）を出版し、万葉調の勇壮な「ますらおぶり」の短歌を世に問うた。

2.2　「根岸短歌会」の設立

正岡子規は明治31年、『歌よみに与ふる書』を発表し、伝統和歌の手本とされる古今集を否定し、万葉集の伝統に立って「写生」の態度を主張した。翌32年、子規は「根岸短歌会」を設立し、伊藤左千夫・長塚節らと和歌革新運動を開始した。

2.3　「竹柏会」の設立

佐々木信綱は、和歌の伝統の継承を使命とし、明治31年に短歌結社「竹柏会」を結成、機関誌『心の花』を創刊。さらに、第一歌集『思草』（明36）を刊行して清新な歌風を示し、また万葉集の研究にも情熱を注いだ。

2.4　『馬酔木』と『アララギ』

子規は明治35年に没したが、その翌年、門下の伊藤左千夫が師の遺志をついで根岸派の歌人を結集し、機関誌『馬酔木』を創刊した。同誌の終刊後、さらに『アララギ』を創刊した。子規の「写生」説を継承する短歌雑誌として、以後の歌壇の中心的勢力を占めた。

2.5 『明星』のロマンチシズム

与謝野鉄幹は明治32年、東京新詩社を結成した。翌年に詩歌雑誌『明星』を創刊し、「清新なる長歌すなわち新体詩をつくるとともに、また一方には短形なる新体詩すなわち短歌」を作ることを目指した。子規の「根岸短歌会」が東洋的な「写実」の態度を通して高尚な芸術性を獲得しようとしたのに対して、鉄幹の『明星』は西欧的なロマンチシズムを基調とし、青春の理想と自由の謳歌を掲げて「自我独創の詩」を作った。与謝野晶子の歌集『みだれ髪』（明34）は、鉄幹との自由大胆な恋愛体験を情熱的に歌ったもので、恋愛至上の青春賛歌として「明星」派の傾向を代表している。

2.6 森鴎外の観潮楼歌会

森鴎外は演劇・美術などの分野の改良運動にかかわったが、短歌に関しても明治39年に常盤会を結成。翌40年には観潮楼歌会を興して、後進を育成した。鴎外の自宅で催された観潮楼歌会は、流派の垣根を越えて歌人たちが集まり、佐々木信綱・与謝野鉄幹・伊藤左千夫・石川啄木・吉井勇らが活発な論議を交わした。

2.7 『スバル』創刊と啄木・白秋・勇

明治41年、北原白秋や木下杢太郎らが『明星』を脱退した。脱退グループは、森鴎外の後援をうけて、翌42年に文芸誌『スバル』を創刊した。同人の石川啄木は、短歌を三行に分ち書きするという斬新なスタイルの歌集『一握の砂』（明43）を出版し、注目を浴びた。また、詩人として出発した北原白秋は短歌の世界にも進出して歌集『桐の花』（大2）を出版し、吉井勇は『酒ほがひ』（明43）で酒と愛にいきる青春の哀歓を歌った。

2.8 牧水・夕暮の自然主義短歌

自然主義文学の興隆期に短歌に接近した若山牧水は、雑誌『新声』歌壇の選者の尾上柴舟に入門した。明治38年、柴舟を中心に前田夕暮・三木露風らと『車前草社』を結成し、第一歌集『海の声』（明41）を出版し、ついで歌集『独り歌へる』（明43）『別離』（同）を刊行して、その清新流麗な歌風が注目された。同じ柴舟門下の前田夕暮は、日常生活を客観描写して人生の真実にせまる歌集『収穫』（明43）を刊行し、自然主義短歌のホープとして牧水と並んで脚光を浴びた。

2.9 大正期のアララギ派

伊藤左千夫が大正2年に亡くなると、『アララギ』は斉藤茂吉や島木赤彦が中心となり、写生と万葉精神に本来の姿勢を再確認して、大正期半ばには歌壇の主流を占めるようになった。茂吉は歌集『赤光』（大2）を刊行、その強靭重厚なリアリズムの歌風は一躍脚光を浴びた。茂吉は「写生」説を発展させ、「実相に観入して自然・自己一元の生を写す」（『短歌における写生の説』より）という「実相観入」を主張し、歌集『あらたま』（大10）で自然観照の態度を深化させた。生活リアリズムの短歌を得意とした赤彦は、「写生道」を提唱し、短歌とは作者にとって峻厳な「道」であるとして、「鍛練道」の必要を説いた。このほか、中村憲吉・土屋文明らがいる。

2.10 反アララギ派

大正13年、歌誌『日光』が創刊された。同誌に結集した歌人は、北原白秋とその門下の歌人、また『アララギ』脱退組の古泉千樫・石原純・釈迢空、さらに前田夕暮・中島哀浪・木下利玄らであった。

2.11　昭和前期の短歌

昭和初期のプロレタリア文学とモダニズム文学運動の影響で、歌壇では、「プロレタリア歌人同盟」が組織され、既成歌壇の封建制やブルジョア性を批判した。また、前田夕暮・石原純・矢代東村ら既成歌人は、定型を放棄して自由律を試みた。しかし、歌壇の全体としての主流は依然として「アララギ」派にあり、斎藤茂吉・土屋文明がその主導者として活躍していた。一方、「アララギ」派の万葉調に対抗して、北原白秋は、新古今的な幽玄を近代化した新しい浪漫歌風を試みた。

2.12　戦後の短歌

戦時下の歌壇は、国家意識に迎合する戦争賛美の歌が溢れていた。戦後は、桑原武夫の『第二芸術』論を始め、短歌否定論が出て、歌壇を揺すぶったが、それをきっかけに実作への意欲が高まり、新人歌人の近藤芳美、宮柊二、塚本邦雄、岡井隆、寺山修司らが出て活躍した。

3　俳句

3.1　俳句の誕生

近代俳句の起点として注目されるのは、正岡子規の評論『獺祭書屋俳話』（明25）である。子規はそこで、それ以前までは俳諧連歌の発句（第一句）として扱われていた5・7・5のフレーズを「俳句」という独立した作品として自立させることを提唱した。これによって、発句は、いわゆる個人の主体性を表現する近代芸術の性格を付与されて、「俳句」として自立したのである。

3.2 子規の戦略

次いで子規は評論『芭蕉雑談』(明26)『俳諧大要』(明28)『俳人蕪村』(明30)などを発表し、旧派の宗匠制度のもとで遊戯化していた俳諧を平凡・陳腐・卑俗な「月並み」俳諧であると否定し、さらに俳聖と仰がれる芭蕉を批判しながら、蕪村の俳句を例にあげて「写実」の方法による近代俳句の在り方を追求した。子規はまた、新聞紙上に俳句欄を創設し、読者の投稿を募って俳句の普及につとめた。子規一門の俳人たちは、新聞『日本』に拠ったため、日本派と呼ばれた。

3.3 『ホトトギス』創刊

子規は東京で、同郷の松山出身の高浜虚子・河東碧梧桐・柳原極堂らと月例句会を催して、有季定型の「写生」俳句の実作に励んだが、明治30年、帰京した極堂が松山で俳句雑誌『ホトトギス』(松山版)を創刊した。同誌は20号まで続いた後、明治31年、高浜虚子が譲り受けて編集発行所を東京に移し、子規一派の俳人たちの活動の拠点となった。

3.4 虚子とホトトギス派

子規は明治35年、脊椎カリエスのため死亡した。俳句革新運動は、子規門下の虚子と碧梧桐に受け継がれた。虚子の編集する『ホトトギス』は、夏目漱石の写生文小説『吾輩は猫である』(明38)を連載。虚子自身の写生文志向もあって、次第に小説色のつよい雑誌となったが、明治末年ごろから俳句にも配慮し、「雑詠」欄を設ける一方、彼自身も『俳句入門』(大元)『俳句のつくりやう』(大2)『進むべき俳句の道』(大4~6)などを連載して客観写生を主張し、やがて昭和に入ると俳句は花鳥諷詠の文学であると規定した。ホトトギス派は、大正期後半は俳壇の主流を占めるにいたった。この派の俳人には、村上鬼城・飯田蛇笏らがいる。

3.5　碧梧桐と反ホトトギス派

子規の没後、碧梧桐は明治40年代になって新傾向俳句を試みるようになり、さらに大正期になると自由律俳句を志し、昭和に入ってから俳句にルビを付したルビ俳句を実験的に試作した。季語や定型を否定する碧梧桐の俳句革新の精神に共鳴して、中塚一碧楼・荻原井泉水らが門下に集まり、ホトトギス派の傾向と鋭く対立した。井泉水は俳誌 『層雲』 を創刊（明44）、また一碧楼は 『海紅』 （大4）を創刊した。『層雲』 からは、口語自由律俳句の尾崎放哉や、種田山頭火、木村緑平らが輩出した。

3.6　昭和前期の俳句

昭和期の俳壇では、雑誌 『層雲』 ・ 『旗』 ・ 『ホトトギス』 が盛況を示した。前二者はともにプロレタリア文学の影響が強かったが、後者はやはり虚子の陣地であった。水原秋桜子・高野素十・阿波野青畝・山口誓子・川端茅舎・中村草田男らが有名であった。のち水原秋桜子が虚子の花鳥諷詠への不信から新興俳句をとなえ、雑誌 『馬酔木』 を主宰し、個人の主観を重んじる、感情豊かな句を作った。門人の加藤楸邨・石田波郷が素晴らしい。

3.7　戦後の俳句

戦後、『天狼』 をはじめ、多くの俳誌が創刊され、既成俳誌とともに復興の兆しを見せた。昭和三十年にかけて、俳句の社会性が盛んに論議され、社会的素材が導入された。また一方で、石橋秀野・細見綾子・長谷川かな女ら、多くの女性が俳壇に進出し、女流俳人の活躍が顕著になってきた。

4 作品撰読

4.1 高村光太郎

（親の志を継いで彫刻家になった光太郎の作品に、「父」との複雑な感情が繰らんである）

原文：僕の前には道はない　僕の後ろに道はできる　ああ、自然よ　父よ　ぼくを一人立ちさせた広大な父よ　僕から目を離さないで守ることをせよ　常に父の気魄を僕に満たせよ　この遠い道程のため　この遠い道程のため

中国語訳：

我的面前没有路　路在我的脚下形成　啊　大自然啊　父亲啊　让我成长的大父亲啊　不要把视线移开　守护我吧　让我充满您的气魄　为了这漫长的旅程　为了走完这漫长的旅程

4.2 萩原朔太郎

（音楽家でもある朔太郎の詩歌の、耳で鑑賞する音楽性が強い）

原文：まつくろけの猫が二匹　なやましいよるの屋根のうえで　ぴんとたてた尻尾のさきから　糸のやうなみかづきがかすんでいる。「おわあ、こんばんは」　「おわあ、こんばんは」　「おぎゃあ、おぎゃあ、おぎやあ」　「おわああ、この家の主人は病気です」

中国語訳：两只黑猫　呆在忧愁夜晚的屋顶上　笔直竖着的尾巴上方　初三的月牙儿朦朦胧胧细得像线　“喵呜，晚上好”“喵呜，晚上好”“喵啊~，喵啊~，喵啊~”“喵呜~，这家的主人生病了”

4.3　与謝野晶子

（大胆に官能的に歌い上げた情熱的作品が多い）

①そのこ二十歳櫛にながるる黒がみのおごりの春のうつくしきかな

中国語訳：妙龄双十女，梳下黑发流光彩，青春美无敌。

②やは肌のあつき血汐にふれも見でさびしからずや道を説く君

中国語訳：柔肤又热血，不看不碰寂寞否，但听君说道。

③なにとなく君に待たるるここちしていでし花野の夕月夜かな

中国語訳：莫名总觉得，伊人正待我出行，月色照花野。

④ああ皐月仏蘭西の野は火の色す君も雛罌粟われも雛罌粟

中国語訳：五月法兰西，满目火色映花野，你我皆罂粟。

⑤金色のちひさき鳥のかたちして銀杏ちるなり夕日の岡に

中国語訳：夕阳照山岗，银杏叶落宛如那，金色小鸟状。

4.4　佐々木信綱

（短歌革新について与謝野鉄幹と正岡子規と違って、伝統的な歌学者でもある信綱は漸進的な改良者の姿をとった。『心の花』を機関誌として歌会「竹柏会」を主宰する）

①願はくはわれ春風に身をなして憂ひある人の門を問はばや

中国語訳：忧伤的人啊，我愿此身化春风，叩问你心门。

②ゆく秋の大和の国の薬師寺の塔のうへなる一ひらの雲

中国語訳：秋日将逝去，日本药师寺塔上，那一片白云。

③春ここに生るる朝の日をうけて山河草木皆光あり

中国語訳：朝日映春光，照耀山河与草木，满目皆光辉。

4.5　若山牧水

（終世旅と酒を愛する牧水は、自然主義的傾向があり、清新流

麗な歌風が特徴である）

①幾山川こえさりゆけば寂しさのはてなむ国ぞけうも旅ゆく

中国語訳：翻山跨河需几度，到寂寞尽头，今日又启程。

②白鳥はかなしからずや空の青海の青にもそまずただよう

中国語訳：白天鹅悲否，不染海空之青色，漂浮于其中。

③海底に眼のなき魚の棲むといふ眼の無き魚の恋しかりけり

中国語訳：曾听人言道，深海鱼无眼，闻后不禁羡慕它。

④白玉の歯にしみとほう秋の夜の酒はしづかに飲むべかりけり

中国語訳：秋夜饮酒静，悄悄寒意沁，沁入牙齿白如玉。

⑤薄紅に葉はいちはやく萌え出でて咲かむとすなり山桜花

中国語訳：微微泛红色，新叶早萌出，山樱花蕾绽放前。

4.6　石川啄木

（創新的に一首三行書きで和歌を表記する）

①東海の小島の磯の白砂に　われ泣きぬれて　蟹とたはむる

中国語訳：东海小岛边　我在白砂上哭泣，同蟹儿玩耍

②かにかくに渋民村は恋しかり　おもひでの山　思ひ出の川

中国語訳：一直想念涩民村，也思念那山，也思念那水

③はたらけど　はたらけど猶わが生活楽にならざり　ぢっと手を見る

中国語訳：干活未停歇，生活却依然困难，呆呆望双手

④百姓の多くは酒をやめしといふ　もっと困らば　何をやめるらむ

中国語訳：听闻很多的农民　已把酒戒了，再穷戒什么

4.7　長塚節

（アララギ派。子規に深く影響され、和歌も俳句も写生を基本とする「写生の徒」である）

①白埴の瓶こそよけれ霧ながら朝はつめたき水くみにけり

中国語訳：雾天早晨汲凉水，相得益彰白瓷瓶

②口をもて霧吹くよりもこまかなる雨に薊の花は濡れけり

中国語訳：口喷水雾细，雨丝细堪比此雾，濡湿蓟之花

4.8　伊藤左千夫

（子規に師事し､雑誌『馬酔木』､そして雑誌『アララギ』の主催者である）

牛飼が歌よむ時に世の中の新しき歌大いにおこる

中国語訳：牛倌如我也咏歌，世上新歌必大增。

4.9　斉藤茂吉

（伊藤左千夫に入門､万葉調を主張､また「短歌は直ちに『生きの表れ』でなければならぬ」と自覚し、「実相に観入して自然・自己一元の生（命）を写す」ことを主張する）

①かなしみの恋にひたりていたるとき白藤の花咲き垂れにけり

中国語訳：我心悲恋难释怀，此时望见那白藤花儿垂。

②のど赤き玄鳥ふたつ屋梁にいて足乳根の母は死にたまふなり

中国語訳：家母往生时　却见双燕停梁上　喙红羽毛黑

③あかあかと一本の道とほりたりたまきはるわが命なりけり

中国語訳：笔直路上红日照　观此心有感　感知吾宿命

4.10　島木赤彦

（「写生道」と「鍛練道」を主張する歌人である）

①鶫来てそよごの雪を散らしけり心に触るるものの静けさ

中国語訳：鸫鸟飞来冬青树　落雪触心心寂静。

②みづうみの氷は解けてなほ寒し三日月の影波にうつろふ

中国語訳：湖冰虽化犹觉寒　初三冷月波心荡。

4. 11　正岡子規

（短歌・俳句の革新を提唱し、門下に高浜虚子や河東碧梧桐らがいる）

①瓶にさす藤の花ぶさみじかければたたみの上にとどかざりけり

中国語訳：瓶中插藤花，花房不够长，榻榻米上碰不到。

②おとといのへちまの水も取らざりき

中国語訳：前天的丝瓜汁也没喝。

③柿食えば鐘鳴るなり法隆寺

中国語訳：手捧柿子正吃时，法隆寺里钟声响。

4. 12　高浜虚子

（子規に師事、雑誌 『ホトトギス』 を継承し、客観写生を説き、俳句は花鳥諷詠の文学と規定する。碧梧桐の新傾向俳句が定型の破壊と季題無用へと進展するのに反対して、伝統擁護の立場にたつ）

①春風や闘志いだきて丘に立つ

中国語訳：怀抱斗志立山岗，我心飞扬共春风。

②遠山に日のあたりたる枯野かな

中国語訳：夕阳映远山　原野已枯黄。

③白牡丹といふといへども紅ほのか

中国語訳：白牡丹虽白　亦有微红色。

④大空にまた湧きいでし小鳥かな

中国語訳：天空大无边　又有小鸟涌进来。

4. 13　河東碧梧桐

（子規に師事し、進歩的、写実的な態度で新傾向俳句運動、またのちの自由律俳句運動を進め、実感や自然を重んじ、のちにはルビ俳句も作る。）

①紅い椿白い椿落ちにけり

中国語訳：红色山茶花落了，白色山茶花落了。

②抱き起こす萩と吹かるる野分かな

中国語訳：不忍风中萩花落，抱起萩枝暂护花。

③曳かれる牛が辻でずつと見廻した秋空だ

中国語訳：牵牛在歧路，四顾茫然望秋空。

4.14　水原秋桜子

（虚子の指導を受けたが、のちに虚子の客観写生を批判し、新興俳句運動に転身したが、のちに新興俳句の無季・口語化に批判的で、有季・定型・文語・典雅の句境を守る）

①キツツキや落ち葉をいそぐ牧の木々

中国語訳：牧场树林里　鸟儿啄木催叶落。

②冬菊のまとふはおのがひかりのみ

中国語訳：冬日之菊耀光辉　孤寂又清白。

③しぐれふるみちのくにおおき仏あり

中国語訳：寒雨落路上　大佛立路边。

④高嶺星蚕飼の村は寝静まり

中国語訳：高山披星光，养蚕之村已入睡，一片静悄悄。

4.15　山口誓子

（水原秋桜子と同じく、「4S」の一人で、また新興俳句運動に投身した。ものの「根源」を追求する俳句を提唱する）

①ピストルがプールの硬き面にひびき

中国語訳：发令枪声响，泳池顿时破。

②学問のさびしさに堪へ炭をつぐ

中国語訳：学问寂中得　添炭驱寒意。

③秋の暮水中もまた暗くなる

中国語訳：秋日暮色起，水中更昏暗。

④海に出て木枯帰るところなし

中国語訳：冬风入海不复归。

4.16 中村草田男

（季題などの伝統を継承しながら、俳句に生き方や思想を追求したことに、「人間探求派」 と称せられた）

①万緑の中や吾子の歯生え初むる

中国語訳：万千新绿欲滴时　我儿出牙了。

②降る雪や明治は遠くなりにけり

中国語訳：又见雪花落　明治已远矣。

4.17 種田山頭火

（漂泊流転の旅生活、型破りの句、自由律俳句が特徴である）

①分け入っても分け入っても青い山

中国語訳：青山绵绵无尽头　一山过后又一山。

②うしろすがたのしぐれてゆくか

中国語訳：寒雨湿背影　伴我往前行。

③どうしようもない私が歩いている

中国語訳：无奈何如我　正在行走中。

第十一章　近代における劇文学

1　明治期の劇文学

西洋演劇の影響で、明治期に入ると、新演劇が登場した。坪内逍遥は史実尊重と人物性格を重視する新史劇の改革に努力した。彼は、『自由太刀余波鋭鋒』・『桐一葉』などの作品を発表した。森鴎外は多くの西洋演劇を翻訳した。『一幕物』・『新一幕物』などのほか、『日蓮上人辻説法』など叙事詩劇を書いた。そのご、題材を時代のものに取った新派劇の川上音二郎が出、九代目団次郎・五代目菊次郎ら名優とともに活躍した。明治四十年前後、文芸協会や自由劇場が成立した。

1.1　演劇改良運動

明治19年、イギリス留学から帰国した末松謙澄が演劇改良会を組織し、「演劇改良意見」を著して演劇（歌舞伎）の近代化を提唱した。演劇改良会の方針は、しかし皮相な西洋模倣の要素が強かったから、坪内逍遥や森鴎外はこれを批判した。

1.2　新演劇の登場

自由党の角藤定憲や川上音二郎は、政治運動の一手段として芝居を利用した。川上一座は、芝居の幕間に「オッペケペ節」を歌って人気を集めた。音二郎は明治32年、妻と川上一座を率いて欧米公演に挑戦した。再度洋行後の明治36年、明治座でシェークスピア作・江見水陰翻案「オセロ」を上演した。

1.3 文芸協会の創設

明治39年、島村抱月・坪内逍遥らが文芸協会を設立し、「新曲浦島」「桐一葉」「ハムレット」 など逍遥作・訳の作品を上演した。同協会は明治42年、改組して演劇研究所を設立した。2年後帝国劇場で 「人形の家」 を上演し、イプセン劇の芸術性とノラ役の松井須磨子の演技が大評判となった。

1.4 自由劇場の創設

明治42年、欧州各地の演劇を視察し終えて帰国した歌舞伎俳優の市川左団次と、演劇に関心をもつ小山内薫とが協力して、劇団・自由劇場を創設した。第一回試演会は翻訳劇を中心に活動を続けたが、大正初期ごろに事実上消滅した。

2 大正期の劇文学

大正期になると、島村抱月・松井須磨子の芸術座が社会問題や婦人問題を含んだ西欧劇を上演し、新劇の普及に全力を入れた。大正十年に入って、社会主義の思潮が強くなってくると、プロレタリアの演劇も次第に盛んになってきた。また、既成作家にも新人作家にも劇作に手を染めるものが多かった。正宗白鳥の『人生の幸福』 ・ 『安土の春』 、中村吉蔵の 『井伊大老の死』 、真山青果の 『平の将門』 、木下杢太郎の 『南蛮寺門前』 、久保田万太郎の 『大寺学校』 、武者小路実篤の 『その妹』 、菊池寛の 『父帰る』 などがある。

2.1 芸術座

文芸協会の演劇研究所の生徒であった松井須磨子は、同研究所の教師の島村抱月と熱烈な自由恋愛をしたため退会させられた。情熱的な抱月は早大教授を辞し、家庭を犠牲にして、須磨子と同棲した。新劇団・芸術座を結成した。芸術座は大正3年、帝国劇場でトルストイ作『復活』を上演した。ヒロインのカチューシャ役の須磨子が劇中で歌う「カチューシャの唄」はレコードされてヒットした。公演は400回を超えるロング・ランとなった。抱月は大正7年、流行のスペイン風邪で死亡した。二か月後の命日に、須磨子も後追い自殺した。

2.2　浅草オペラ

日本のオペラは、明治43年に帝国劇場に歌劇部が設立されてから。イタリアから指導者を迎え、『戦争と平和』『天国と地獄』などを公演し、「帝劇オペラ」と呼ばれた。大正半ばごろ、浅草六区の興行界は、大衆演芸オペラの導入を発案した。浅草のモダンなオペラは名物となった。

3　昭和期の劇文学

3.1　築地小劇場

関東大震災のニュースをベルリンで知った土片与志は急ぎ帰国し、小山内薫を訪ねて「演劇の実験室」として自分たち専用の劇場を建てようと誘った。大正13年、劇場は完成した。創立第一回公演は、ゲーリング作『海戦』とチェーホフ作『白鳥の歌』であった。次いでドイツ表現派のカイザー作『瓦斯』『朝から夜中まで』を上演した。土片は、ドイツから帰国した村山知義に舞台装置を委託し、前衛的・実験的な演劇（新劇）を演出した。この劇団からは丸山定夫・山本安英・田村秋子といったすぐれた俳優が育っていた。

3.2　プロレタリア演劇運動

昭和3年、左翼主義者の大弾圧（3・15事件）のあと、左翼演劇人たちは大同団結して劇団・東京左翼劇場を結成した。第一回公演は、村山知義作『進水式』『やっぱり奴隷だ』と鹿土亘作『嵐』であった。その後も、三好十郎作『首を切るのは誰だ』、徳永直作『太陽のない街』、小林多喜二作『不在地主』などを上演した。

3.3 前衛演劇の世界

現代の前衛演劇を開拓したのは寺山修司（劇団・天井桟敷）であった。これに唐十郎（状況劇場）、野田秀樹（夢の遊民舎）らが続き、それぞれ人気を集めている。